燕赵文艺名家丛书·艺术

艺苑杂谈

边发吉 著

河北出版传媒集团
河北教育出版社

图书在版编目（CIP）数据

艺苑杂谈 / 边发吉著 . -- 石家庄：河北教育出版社，2025.3. -- （燕赵文艺名家丛书：艺术）. -- ISBN 978-7-5545-9024-9

Ⅰ . I217.2

中国国家版本馆CIP数据核字第2025NZ6275号

燕赵文艺名家丛书·艺术

艺苑杂谈

YIYUAN ZATAN

作　　者	边发吉
出 版 人	董素山
选题策划	汪雅瑛
责任编辑	温彦敏　张玉娟
装帧设计	郝　旭
出版发行	河北出版传媒集团
	河北教育出版社 http://www.hbep.com
	（石家庄市联盟路705号，050061）
印　　制	石家庄名伦印刷有限公司
开　　本	787 mm×1092 mm　1/16
印　　张	16
字　　数	213千字
版　　次	2025年3月第1版
印　　次	2025年3月第1次印刷
书　　号	ISBN 978-7-5545-9024-9
定　　价	98.00元

版权所有，翻印必究

序言

文化兴则国家兴，文化强则民族强。燕赵文化源远流长、博大精深，形成了慷慨悲歌的燕赵精神，孕育了灿若星河的文艺名家。他们立时代之潮头、发时代之先声，传承着河北文艺的优良传统，书写和记录着人民的伟大实践，为河北文化事业的繁荣发展做出了巨大贡献。

星河灿烂，艺道日新。为了继承和发扬老一辈文艺名家的宝贵精神，发挥好他们在文艺创作道路上的"传帮带"作用，推动文艺繁荣发展，河北省坚持以习近平文化思想为指导，组织实施了文艺名家推出工程、中青年文艺人才"秀林计划"、文艺后备人才"春苗行动"、文艺名家情系河北"故乡创作计划"，通过每年为文艺名家出版专著、召开研讨会、成立工作室等方式，支持名家开展创作、发展事业，鼓励名家收徒传艺、扶携后辈，勉励新一代文艺工作者见贤思齐、接续奋斗，努力形成河北文艺事业长江后浪推前浪的生动局面，构建"老中青梯次衔接、省内外交相辉映"的人才格局。

作为文艺名家推出工程的重要内容，省委宣传部会同省文联、省作协开展"燕赵文艺名家丛书"的编辑出版工作，将按照"一人一书"的原则，为我省文艺名家出版作品集或个人专著，集中展示文艺名家的创作历程、奋斗精神和创作成果，强化文艺名家的行业引领效应，带领人才成长、带动文艺事业发展。首批文艺名家包括张峻、尧山壁、封秋昌、蔡子谔、刘小放、边国政、梅洁、刘家科、何玉茹、傅剑仁、谈歌等11位著名作家，以及边发吉、旭宇、郑一民、铁扬、孙德民、曹贤邦、刘瑞新等7位著名艺术家。

  择一事，终一生。这18位著名作家、艺术家，是河北文艺发展的实践者和见证人，代表着一个时代的文艺水平和精神。他们用一生的文艺实践，走出了一条扎根时代、扎根人民的创作之路；他们用无愧时代的精品，绘就了欣欣向荣的文艺画卷；他们用发自内心的真诚和热爱，传递了生生不息的文艺薪火。全省广大文艺工作者要以名家为榜样，不忘初心、牢记使命，不负时代、不负人民，创作更多思想精深、艺术精湛、制作精良的优秀作品，热忱描绘新时代新征程的恢宏气象，书写生生不息的人民史诗，奋力攀登新时代文艺新高峰！

编委会
2024年9月

目 录

第一辑　序言篇

《情系杂技新编》序/2

《中国杂技老艺术家传略》序/5

为了展现优秀历史文化的永久魅力/7

《中国杂技基本功训练》序/10

《河北艺术史·杂技卷》序/12

《新环境下的全媒体运营手册》序/15

古都文脉　杂技振兴/17

浑然天成的意境之美/19

《浠水杂技团七十周年纪念册》序/21

第二辑　理论文章篇

现代、后现代交叉时期艺术家何为/24

当代中国杂技艺术发展道路的回顾与前瞻/30

中国杂技，拿什么赢未来/46

文化发展与文化产业/50

深入生活　扎根人民/60

社会效益是衡量艺术品的首要指标/64

正位凝命　敢于担当　为时代放歌/66

牢记使命　不忘初心　为实现中华民族伟大复兴中国梦而奋斗/70

发扬新型政党制度优势　凝聚伟大奋斗力量/74

中国杂技艺术发展与国际交流关系探析/78

走好杂技的转型之路/85

杂技艺术：博采众长，续写辉煌/89

杂技艺术的力与美/93

立德树人，守正创新，争做德艺双馨的新时代文艺工作者/101

杂技创作与教育/110

用杂技讲故事成就杂技剧/115

第三辑　个人专访篇

离经叛道开新径，违师背典出奇章/120

边发吉：愿为杂技事业执着一生/125

边发吉做客人民网/128

我们所处的时代与文化发展/131

中国杂技艺术："美"的传承，"新"的发展/136

培根铸魂身犹健　守正创新胆未寒/142

在杂技艺术道路上追求是幸福的/150

拥抱时代机遇，开创杂技的新面貌/157

技与美/169

第四辑　剧目晚会篇

杂技剧《江湖》/186

大型魔幻舞台剧《黄粱梦》/191

大型壮族魔幻杂技剧《百鸟衣》/194

大型杂技剧《梦幻西游》/196

新编京剧现代戏《狼牙山》/198

河北梆子新编历史故事剧《长剑歌》/199

原创交响锡剧《天涯歌女》/202

大型杂技主题晚会《故乡》/203

大型杂技主题晚会《奥运情缘》/206

部分精品杂技节目/208

第五辑　诗词篇

诗词篇/216

第一辑

序言篇

《情系杂技新编》序

蓝天老先生的大名，早在20世纪70年代初我参加工作时，就常常被人们提及。他与夏菊花、王峰、李竓等人为中国杂技的发展所作的贡献是镌刻在里程碑之上的，无一不让我这个晚辈肃然起敬，心生赞叹，引为榜样。

蓝天老先生一生从事艺术创作、研究和管理工作，特别是在杂技事业上孜孜以求，勤于思索，笔耕不辍，颇有建树。他在1994年便已将工作期间所撰写的文章集结成《情系杂技》一书，其间多有独到见解与不俗之论。如今又将1994年后所撰文章与之前文章选编而成《情系杂技新编》，行将付梓。这是杂技界的一大喜事。蓝老约我作序，我深感荣幸。我虽不才，但蒙先生不弃，感先生功绩，敢冒僭越之嫌，慨然允诺。

初与蓝老结识，在1987年中国吴桥国际杂技艺术节建立之初。我刚刚而立，而蓝老已是杂技界巨擘，于吴桥杂技节有开建之功。1995年，我由河北省文化厅副厅长任上分管吴桥杂技节评委会工作，蓝老以花甲之年担任评委会主席，我们朝夕相处。蓝老戴一老花镜，握笔计算分数，通宵达旦，其认真负责之态，让我记忆犹新。1997年，在第六届中国吴桥国际杂技艺术节上，蓝老又联合国际评委向省委、省政府提议建立专业杂技场馆——河北省艺术中心，并全力促成此事。如今，中国吴桥国际杂技艺术节已经成功举办了十三届，成为世界杂技的东方大赛场；河北省艺术中心成为海内外杂技界人士熟知的一个知名的杂技专业场馆。

后随中杂协工作接触更多，发现蓝老是干一行、爱一行、行行成绩卓著的领导者,是才华横溢、出口成章的杂坛才子。他是早年带领中国杂技跨出国门的实践者,是较早在国际大赛上担任评委,取得杂技国际话语权的杂技理论家,也是中国电影史、戏曲史上具有划时代意义的电影《天仙配》《牛郎织女》的策划者。集诸多光环于一身,而蓝老却依然一副宽厚仁爱的长者风范,让人垂心敬慕。

哲学家康德说过,世界上只有两样东西让人越是思考,越感到敬畏:一是我们头顶的星空,一是内心的道德法则。作为文艺工作者,蓝老不仅在人生处世之路上秉持原则,与人为善,正道直行,更能够在专业领域不断思索与进取,至花甲之年而笔耕不辍,耄耋之年成此厚卷,使我不得不思考而至于敬畏。究竟是一种什么样的力量,使得他在坎坷之时仍保持正道直行,在安逸之下仍能够坚持创作进取?

我想,应是老骥伏枥下的千里之志,是"居庙堂之高则忧其民,处江湖之远则忧其君"的责任感,是"虽千万人,吾往矣"的气魄,使鹤发之下犹见拳拳赤子之心。

蓝老生于20世纪30年代的上海。那个时期,正是上海成为一个融繁华优雅与沉瀣困苦于一体的传奇都市的时代。出身没落商宦之家的蓝老先生,幼年即经历了家族的由盛转衰,眼见了外族的蹂躏与人民的苦难。生活给予了他坚毅善良、富有同情心与正义感的品格,正是这种品格伴其终身,使其在今后的岁月中,无论是辗转军旅生涯,还是从事艺术管理,无论是身处"文革"动荡,还是步入领导岗位,依然初衷不改,成为其一贯的做事风格。

人之一生,恰如江河。若甘为泥潭死水,终日残喘,渐渐消隐,湮没不闻;亦可作江流,发于细水,汇集百川,日奔夜涌,终将自己融入无边浩茫的海洋里而使人生获得无限升华……

"庾信文章老更成,凌云健笔意纵横。"蓝老毕生心血,倾注于杂技事业,高屋建瓴,论道精辟,随心而至,朴实自然。杂技界有这样的老先生是我们的福气;文艺界尚有这样的老先生,是中华文脉之基。愿蓝老先生健康长寿!

是为记。

2012年初春于石门

《中国杂技老艺术家传略》序

中国杂技历史悠久，源远流长。在其三千多年的历史传承中，杂技艺术不仅没有随着时间的流逝而日渐式微，反而日臻完善，愈显生机勃勃。新中国成立以来，杂技艺术得到了前所未有的大发展，成为我国文化艺术中第一个服务于国家外交战略的艺术品种。特别是改革开放以后，杂技艺术走出国门传播中华文化，促进了中外文化交流与发展。在国际各个赛场上摘金夺银，在国际杂技演出市场上占有重要地位，为国家赢得了荣誉，在中外文化交流史上写下了光辉的篇章。党的十七届六中全会提出建设社会主义文化强国的宏伟目标，党的十八大对扎实推进社会主义文化强国建设作出重要部署。作为社会主义文化建设的重要组成部分，中国杂技已融入中华民族伟大复兴的洪流，为实现中国梦增光添彩。

事业更迭兴废，全在人力聚合。中国杂技在历史上经过几度荣兴与衰落而能够延续至今，完全是世世代代的杂技人在苦心经营中坚守、在艰难生存中传承的结果。新中国杂技就是在一代代杂技家的开拓下发展起来的。古人云：知其人，不知其事，可乎？老一辈杂技艺术家是我国杂技艺术承上启下的一代，他们既是传统杂技的传承者，又是新中国杂技的奠基者，更成为改革开放新时期杂技艺术的开创者。他们承载了杂技艺术的辉煌，见证了杂技发展的历史，开创了杂技繁荣的未来，构成了我国杂技发展史的鲜活材料。老一辈杂技艺术家为新中国杂技作出了不可磨灭的贡献。为老艺术家立传就是在审视我们杂技自身的历史，为老艺术家立传就是在为杂技的发展与传承铺路，这是我们杂技发展的必然要求，也是我们当代杂技人为杂技的发展与传承，为后代的杂技人继往开来、再创辉煌所应尽的一份责任。

《四库全书总目提要》中讲到史传作品时说："史之为道，撰述欲其简，考证则欲其详。……苟无事迹，虽圣人不能作《春秋》；苟不知其事迹，虽以圣人读《春秋》，不知所以褒贬。"因此，整理和挖掘杂技老艺术家的人生经历、从艺经历，是我们这一代杂技工作者的历史责任。《中国杂技老艺术家传略》收录了全国179位杂技老艺术家，这是在中国杂技家协会的统筹下，各地方协会共同参与、共同努力的结果。在搜集整理的过程中，我们力求贯彻史家质朴客观的态度，以可以搜集到的资料为依据，正所谓"考证欲其详"，希望能留给后人思考与求索的空间。通过《中国杂技老艺术家传略》出版项目的实施，基本完成对截至目前已经离开演出舞台，或从事杂技管理和研究的杂技老艺术家的资料的整理、挖掘，它将填补我国杂技史研究的空白，成为我国杂技发展史上较为权威和完整的集历史性、学术性、知识性、资料性于一体的历史文本，成为我国杂技史研究的工具书，为国内外研究中国杂技艺术发展进程中的艺术家的历史地位、作用和价值提供权威资料，相信会受到广大文化艺术工作者、杂技艺术家、杂技工作者以及杂技研究者、杂技爱好者的欢迎，产生长远的社会效益。

本书的出版必将成为我国杂技史上的一个重要事件，被载入我国杂技发展史册。

2014年3月

为了展现优秀历史文化的永久魅力

——祝贺《文史精华》创刊三十周年

2017年,《文史精华》迎来了创刊三十周年。作为人民政协史料征集工作的重要平台和舆论宣传工作的重要阵地,《文史精华》在三十而立之年,已然成长为一本令社会各界瞩目、令众多读者喜爱的品牌期刊,值得庆贺,值得纪念!

文以载道,史以鉴今。习近平总书记多次强调要不忘初心,继续前进。要重温初心、领会初心、牢记初心、践行初心,学习历史、深悟历史是不可或缺的重要方法和途径,必须善于从历史的经验教训中汲取砥砺前行的智慧、精神和力量。艰难困苦的革命岁月中,毛泽东同志转战疆场,最舍不得的是他装满史书的书箱,而且每到一地总是先了解当地的人文历史,到晚年的枕边榻旁仍然堆满了古书典籍,老人家博览群书,通晓古今,极大地丰富了他作为一代伟人的雄才大略。习近平总书记多次重要讲话中,各种典故史实信手拈来、准确生动、寓意深刻,堪为论述、论证新的历史时期治国理政新理念的点睛之笔。他曾明确指出历史是最好的教科书,也是最好的清醒剂,强调中国革命历史是最好的营养剂。纪念中国人民抗日战争暨世界反法西斯战争胜利七十周年之际,习近平总书记更是将政协文史资料作为重要的研究力量明确提出。这是中国共产党的最高领导人讲话中第一次出现"政协文史资料"这六个字,充分说明了发挥政协文史资料作用对学好历史、以史鉴今的重要意义。《文史精华》就是彰显这一重要作用的独特平台和有效载体。

自1987年创刊以来,《文史精华》始终坚持弘扬正能量,深入宣传推介优秀人文历史资源,充分发挥政协文史资料"存史、资政、团结、育人"的重要社会功能。三十年来,曾经如"小荷尖尖"的《文史精华》沐浴着时代的风雨,坚守着质朴向上的方向茁壮成长,有了长足进步——由月刊改为半月刊,信息量更大,版式也有更新,开通了"文史精华"门户网站和微信、微博,增加了网上订阅功能,作者群、读者群和影响力有了新的提升,在全国省级政协文史类期刊中名列前茅,为人们奉献了大量知往鉴来、有益当代、泽被后人的宝贵精神财富。近年来,刊物更是把重点放在挖掘、宣传建党、建国、建军以来鲜为人知的经典史料上,有力地配合反对和抵制那些抹黑英雄人物、颠倒革命历史的历史虚无主义,推进中国特色社会主义建设、培育社会主义核心价值观等重大战略决策,受到了普遍关注和好评。这样的优秀期刊、人文宝库,我们没有理由不去尽心竭力地坚持办好,没有理由不去理直气壮地宣传推介,没有理由不去自觉地学好、用好。

中华民族在五千多年漫长奋斗中积累的文化养分是中国特色社会主义的文化之根。深入挖掘中华传统文化蕴含的思想观念、人文精神、道德规范,为展现中华优秀历史文化的永久魅力和时代风采而努力,是政协文史人的新使命,是《文史精华》的天职。充分利用刊物这一平台,扩大文史资料的社会影响,加大文史资料的传播力度,使文史资料以更加喜闻乐见的形式为经济社会发展服务、为广大读者群众服务,是《文史精华》办好刊、出精品、见成效的重要前提和根本出发点。希望《文史精华》能够继续保持办刊初心,坚持正确的办刊方向和舆论导向,坚持鲜明的政协特色和"三亲"特色,不断发掘政治优势,征集出版更多的优秀史料,为发展和繁荣人民政协文史资料事业和社会主义文化事业奉献更多的精神食粮和精品佳作。更希望《文史精华》能够积极适应新时代文史资料工作和编辑出版工作的新要求、新任务，努力改革创新，融合现代媒体技术，使刊物能够真正成为新媒体时代社会主流价值的承载者和优秀传统文化的传播者。

在人民政协的文史资料宝库中，一代代文史人、编辑人以兢兢业业、埋头苦干、甘于寂寞、甘于奉献的精神，为这项伟大的事业奉献了累累硕果；新一代的文史人、编辑人也正在以前辈的精神为激励，不断努力，为之增新光添重彩。相信前进中的《文史精华》明天会更好！

《中国杂技基本功训练》序

中国杂技艺术有三千余年历史，长期以来，都以口传身授为基本教学方法。改革开放以来，杂技艺术有了突飞猛进的发展，在理论学科建设和教学方法上取得了长足的进展。濮阳的马春江、邓俊方两位同志通过多年的积淀、两年的努力，在借鉴戏曲、舞蹈、体育等艺术门类的基础上，根据杂技基本功规范要求，编写了《中国杂技基本功训练》（儿歌、图解）一书。这本书以儿歌的形式，对杂技基本功动作进行了形象化的注解和概括，并附有练习方式和训练要求。书中的五十七首儿歌通俗易懂，朗朗上口，方便学生理解和记忆；一百多幅杂技基本功动作的示范图片，使学生学习基本功有了直观的教材，增加了学生练功的兴趣，也为教师提供了较为系统的杂技基本功教学资料，这实为一件功不可没的好事。

2015年中国杂技家协会第七次全国代表大会要求，广大杂技家和杂技工作者要以中华优秀传统文化为根脉，以创新为动力，把创作生产优秀杂技作品作为中心任务，不断开拓杂技事业新局面。我们正处在现代与后现代交叉时期，各种艺术形式都在巨大的变革之中。传统杂技以杂耍、竞技为主的单一表演模式，已远不能满足当今观众的审美需求，应以杂技艺术为核，发展集其他姊妹艺术为一体的、富有后现代意味层次的新型综合艺术模式，以此来推动杂技活动的品牌化、杂技创作的精品化、杂技人才培养的高端化、杂技理论建设的前沿化、杂技艺术国内外交流的常态化。

杂技艺术的发展空间很大,但任务很重,路途也还很遥远。希望杂技艺术家、理论工作者共同努力,让杂技这朵艺术之花开得更加灿烂辉煌!

2017年3月

《河北艺术史·杂技卷》序

盛世修史。河北省文联于2014年开展了一项重要的工作，即编辑出版一套丛书《河北艺术史》，计有十卷。其中一卷就是《河北艺术史·杂技卷》。

在中国艺术史上，杂技是一种极特殊的艺术门类。它源自"角抵戏"，而"角抵戏"被公认为百戏的起源。可以说，杂技是各艺术门类的集大成者。在汉代，各个艺术不分种类，统称为"百戏"，而其中最主要的就是杂技。随着艺术的细化，杂技被单列了出来；又随着艺术的发展，杂技在艺术之林中的地位逐渐降低，这是不争的事实。

杂技艺术有着独特而鲜明的文化特色，它来自远古，带着人类发展成长的深深印迹，它是一种最能展现人类生产生活技能的艺术，或者说，它本身就是记载和表现人类生存的艺术。所以，在人类历史发展的长河中，杂技终是没有消亡，非但没有消亡，还得到了一次次大的发展。我们或许已经听不到远古的音乐旋律，也难以看到那曾经的曼妙舞姿，可是人类最原始的生存技能，通过艺术的方式，再现于杂技舞台上。力、技、艺术，还有后来的灯光、音乐、舞蹈，都融入杂技艺术之中，这就是我们今天的杂技艺术。

河北杂技，是中国杂技的重要组成部分，有着独特的艺术风格和特色，概而言之，体现在以下几个方面：

一是成就辉煌，全面发展。衡量河北杂技艺术的重要成就，应该从杂技作品、杂技人物、艺术特色、杂技理念及精神几个方面去考察。

譬如，河北率先在全国举办中国吴桥国际杂技艺术节，在这个国际性的艺术节上，河北的优秀杂技作品可谓是层出不穷。在历史上，河北的吴桥也是优秀作品的产生地。而杂技人物正是这些作品的创作者，他们把优秀的作品呈现于世，成就了自己的杂技名头，当然也成就了河北杂技在中国杂技界的地位。民间艺术特色是河北杂技最大的亮点，它来自民间，将民俗生活的点滴再现于杂技的舞台之上，甚至是代表中国杂技的一个特点。艺术作品的产生，离不开创作者对艺术的理解和追求，当然也就体现了创作者的理念及精神。记载和书写河北杂技，应当对这些有所思考，有所总结。

二是历史悠久，繁衍不断。河北泥河湾遗址的发掘，从考古学上说明了河北在华夏文明史上的地位，而对于河北杂技，人所共知的事实就是河北杂技历史悠久，而且得到了很好的传承和发展。从黄帝战蚩尤的传说，到传承了几百年的黄镇九月杂技庙会，再到名闻遐迩的吴桥杂技，体现了杂技在河北这块土地上的传承繁衍。吴桥杂技艺人率先走出国门，他们个体的点滴努力汇聚成了中国杂技这一世界级艺术品牌。而这一艺术成果，与河北这一带有地域特色的文化是分不开的。河北大地的文化，炼就了河北人民的群体性格，他们能够坚忍不拔，百折不挠，为了他们所从事的事业、赖以生存的技能，不断地去创作出更高超、更令人信服的技能技巧，去证明自己，去征服观众。

三是品性开放，兼收并蓄。中国传统文化偏向于保守，这应该是不争的事实，长于自新，短于开放。但是，杂技是个特例，杂技从汉代的百戏起，就吸收了大量的西域节目。到了近现代，河北杂技艺人更是敢于向西方学习，吸取优异的外国杂技节目和技巧。这既学习了国外的艺术成果，又不失自己的本来面目，不失中国的艺术风格，形成了一大批具有中国特色的杂技节目，这是近现代河北杂技得以取得巨大成就的根本。

在中国积贫积弱的时代，中国杂技得以走出国门，凭借的是一个个自发的杂技艺人和杂技团体,将中国杂技推向世界艺术的舞台,这不能不归功于杂技艺人的品性开放与兼收并蓄的内在努力与贡献。而河北的杂技艺人,就是其中的佼佼者。

本书力图记叙河北杂技的历史,从远古到现在,按历史发展脉络分篇章书写,并力求做到:

尽量多地选取资料,为后来者提供一个研究的基础。在很长的一段历史中,杂技艺术地位低下,不被世人重视,因而有关杂技的记载很少,特别是在河北正史中,几乎没有对河北杂技的记述。这种情况一直到中华人民共和国成立之后的几十年间,仍然没有得到改善。这影响了我们对河北杂技的全面调查和资料征集。本书中所记述的内容,也是如此。我们所做的,就是尽可能地从各种有关线索中,寻找那些对河北杂技的记述,充实进来。

尽量做到内容丰富。本书涵盖河北各个阶段的杂技发展历史,包括杂技表演形式、活动及杂技艺人的情况。对于近现代的河北杂技活动,我们将能够掌握的资料进行梳理并收进来,首先丰富本书,其次还有一个更重要的价值,就是为后人留下更多的史料,将河北杂技这一文化艺术成果留存于史。

为河北杂技的发展提供助力。以河北杂技为代表的中国杂技源远流长,在历史上一直处于世界领先地位,并形成了独具特色的丰富多彩的表演形式和各种高难度的表演技巧。这些,与河北杂技艺人对杂技的情感有着极大的关系。这正是这一艺术形式的真正灵魂之所在,是艺术发展的内力之所在。

我们希望通过对河北杂技史的记叙,让读者在领略到河北杂技辉煌的同时,更要记住那些普普通通的杂技艺人,是他们的合力创造了辉煌的河北杂技。

2017年12月10日

《新环境下的全媒体运营手册》序

我们当下所处的时代，是现代与后现代交叉时期。在这个时期，文化多元、娱乐方式多样化，话语权不再掌握在少数社会精英手中，而是通过现代化的交流媒介分落在人民大众手里。特别是进入互联网新媒体时代，人类社会文明出现了从未有过的迅猛发展，虽然一直是"全民狂欢"，可冥冥中总感到一丝丝"危险"，隐隐担忧着如何把控信息的真善美、及时性、准确性和安全性。但当我们去探寻究竟的时候，这种担忧和危险又好像消失得无影无踪。

它最终显露真实面目的时候，就是自媒体的出现！人人都有麦克风，人人都是传播者。看似人声鼎沸的平台，却失去了很多正确的引导。不少自媒体沉迷于"吸引流量"，标题党、震惊体、炒冷饭、蹭热点、废话文学等层出不穷，低俗的、情绪化的、制造恐惧的内容比比皆是，这给清朗的舆论传播环境带来了不和谐杂音。

目前，几乎所有关于自媒体运营的书籍都不断地推广如何激发"眼球经济"，从而忽视了内容制作和媒体传播的本质。就学术层面而言，这些肤浅的内容对媒体行业理论的发展带来了巨大隐患，就是我们常说的"劣币驱逐良币"，使得真正有理论深度的文章越发减少。在这样的环境和担忧下，《新环境下的全媒体运营手册》一书悄然问世。

《新环境下的全媒体运营手册》的出版令人振奋！本书字数不多，全篇引经用典一气呵成，所有的思路摒弃了商业和情绪所带来的干扰，站在行业发展的客观角度，冷静地分析了当前时代新环境下全媒体的运营逻辑。书中不仅展示了众多实践项目，且大都是发生在我们身边的现实案例，让人们能更直观、更直接地体悟和感受；更难得的是立足全社会媒体行业发展的理论高度，又进行了客观分析和深入研究，令读者能在更高维度获得较为纯粹的思考，这是我读了以后最大的收获，也是隆重推荐它的主要原因。

呼来风雨笔间趣，洗尽铅华骨里馨。希望有更多的人看到这本书，并能从中得到一丝启发；也祈愿出现更多像李远、聂鹏一样的传媒从业者，对行业发展和社会进步贡献更多价值和力量。

是为序也。

2023年7月18日

古都文脉　杂技振兴
——《南京杂技史》序

艺苑杂谈

"历"者，过也，传也；"史"者，记事者也。这是《说文解字》对历史的释义。历史作为人类文明的载体，记录着人类社会的发展历程、文化传承和重要事件，是人类智慧的结晶。《南京杂技史》一书，梳理了有关南京杂技的人和事，分门别类、图文并茂、详略得当地记述下来，窥一斑而知全豹，这对于我们了解南京文艺发展史、中国杂技发展史乃至中华文明发展史，都是极具价值和意义的。

杂技历史悠久、源远流长，是人类社会最早形成的艺术形式之一。我们的祖先在生产生活中，日益习得诸如抛石、捕鱼、追逃等生存技能，通过长年累月的练习，熟能生巧后逐渐演变成技巧类表演形式，有据可考的已有三千多年。从秦朝"角抵"到汉唐"百戏"，从宋代"勾栏瓦舍"到明清"社火"，民国时期中国杂技走出国门享誉全球；新中国成立后，在"杂耍""跑马戏""中华功夫"等众多名称中，周恩来总理又亲自选定并命名为"杂技"，从此中国杂技与乒乓球一样，被赋予了国际艺术交流和参与外交联谊的重要使命。杂技之所以传承永续、生生不息，就在于扎根群众、取材生活，为百姓大众喜闻乐见，是一门真正的人民的艺术。

南京，作为中国四大古都之一，长期是中国南方的政治、经济、文化中心。在经历多次中原主流文化与南方吴越文化碰撞融合的基础上，形成了兼容并蓄、多元一体、包罗万象的南京文化，又称金陵文化。受此影响，南京杂技兼具了南方委婉、细腻、抒情的特质和北方粗犷、刚劲、豁达的艺术品格，发展迅速，独具一格。历史长河奔涌不息，虽然我们已经无从考究谁是南京杂技的"第一人"，但我们能够"看到"的是，在六朝王公贵族的聚会上、在明代都城的市井中，都有杂技人的身影，地上、空中、魔术、滑稽、驯兽门类齐全，样样在行，这也为新中国成立后南京杂技的复苏发展和繁荣创新奠定了坚实基础。

杂技艺术凝聚着中华民族最深沉的精神追求，传递着中华民族独特的精神标识，它所蕴含的坚韧不拔、积极向上、不畏艰难险阻、勇攀高峰等特质，是中华文明连续性、创新性、统一性、包容性、和平性五个突出特性的典型体现。习近平总书记强调，对历史最好的继承就是创造新的历史，对人类文明最大的礼敬就是创造人类文明新形态。当今的南京杂技发展迅速、捷报频传，五年摘得三朵金菊，屡次斩获国际大奖，单体节目、主题晚会、大型杂技剧全面发展，杂技人才、梯队建设日臻完善，已然迈入了全国第一方阵。

老去又逢新岁月，春来更有好花枝。《南京杂技史》的出版，既是对南京杂技历史的回顾与缅怀，也是对未来发展的启示与期待。借此时机，也盼望着全国各地能有更多关于杂技的著作、研究成果亮相，为杂技艺术的创新发展提供更多实践支撑和智力支持。衷心祝愿，在南京这片文脉绵延的土地上，杂技这朵艺术之花越发美艳，绽放更加璀璨的风采，彰显更加迷人的魅力。

是为序。

2023年12月

浑然天成的意境之美
——《太行气象——祁海峰中国画》画册序

古人曰：千树万树，无一笔是树；千山万山，无一笔是山。这或可称之为中国历代山水画家所追求的最高境界——"虚实相生、大象无形"。而要达到这个境界，必须用超自然之心态去拥抱大自然，人与天、人与地、人与自然万物相互依赖，和谐共存，天地人我混化一体，与万千生灵同呼吸共命运，才会赋予山水新的生命力。

谁也不会想到，曾在油画界躬耕多年并饶有成就的祁海峰，"转战"中国传统山水画后更是如鱼得水、如鲸向海般，为河北乃至全国美术界带来一股新流，展现了今后绘画艺术创作的更多可能性。

艺术的生命力在于创新。祁海峰取得的绘画造诣，究其根本也在于此。他的画兼收并蓄了东西方文化，并形成了自己独特的绘画技巧和画作结构。早年的油画创作实践积累，让他更懂得如何运用西方的视角、文化、技法去观察和描摹世界；中华传统文化的加持，让他能更加言简意赅、形神兼备、意境深远地表达内心世界，在作品上更加鲜明地呈现出中国特色、中国风格、中国气派。

意境是中国山水画的灵魂所在，也是其创作的最高美学追求。郑板桥先生的"眼中竹、胸中竹、手中竹"之论，就在探讨如何将客观存在的实物升华为更具意境、给人以美感的创作过程。海峰的画，是善于营造意境的。其笔下作品，远观之峰峦叠起、山石坚立，树木、村舍、山川可居可游，气势磅礴、雄浑大气，让人豁然开朗、心旷神怡；近品之山峰陡峭、松柏苍劲，渔夫、柴夫、隐者神态安然，笔墨多变、细微清澈，人犹身临其境、回味无穷，妙处难与君说。

  回归到我们当下所处的时代，现代与后现代交叉时期文化多元、娱乐方式多样化，所有的艺术都在裂变之中。身处这一时期的艺术家，既是神圣光荣的，又显得极为艰难。在这个光怪陆离、色彩斑斓的世界，勾人眼球的东西太多太多。当一幅静态画作，能让人停下来慢慢欣赏、品味、思考、遐想，洗涤思想，触及灵魂，这是极其难能可贵的。海峰做到了，海峰的画也做到了。

  美不自美，因人而彰。不同的人对美的感受不尽相同。艺术的魅力在于它能够打动人心，引发共鸣，传递情感，展现美的感受。希望有更多的人能看到海峰的作品，并从中体悟到作者真实的内心和表达的情感，以期达到触景生情、情感交融的作用，给人以更加乐观积极的态度、豁达开朗的思想。这，也许是海峰更愿达成的，也大抵就是其艺术魅力之所在吧！

2024年5月

《浠水杂技团七十周年纪念册》序

很久以前，我就知道伟大的民主斗士闻一多先生的故乡是浠水，也知道浠水县有一个杂技团。后来进一步了解到，苏东坡先生在黄州期间多次来过浠水，而且对浠河（唐时名为兰溪）往西而流这一自然奇观大为诧异，写下了《浣溪沙·游蕲水清泉寺》："山下兰芽短浸溪，松间沙路净无泥，萧萧暮雨子规啼。谁道人生无再少？门前流水尚能西！休将白发唱黄鸡。"

浠水县现在的文旅宣传语是"浠水西流、杂技一流"，短短八个字，道出的是浠水人最自豪的两张文化名片。"浠水西流"是浠川美景、山水形胜，是东坡先生种下的、在浠水传承千年的文脉根系，是浠水人民乐观进取、奋发向上的精神写照。"杂技一流"说的是浠水杂技团是湖北省唯一的县级杂技团，是浠水拥有国内一流的杂技馆，是创作了很多深受群众喜爱的杂技节目，是浠水杂技七十年来出访十多个国家和地区屡获国内外大奖；也是浠水县委县政府坚定擦亮唱响和做大做强浠水杂技这张亮丽名片的坚定信心；更是浠水人民对浠水杂技的厚爱与荣耀、期盼与祝愿。

今年是浠水杂技团建团七十周年，杂技团组织编辑了《浠水杂技团七十周年纪念册》。纪念册总结了浠水杂技团七十年来在艺术创作、人才培养、国际交流等方面取得的辉煌成就，将浠水杂技团的成长历程、代表性作品、重要时刻和杰出贡献等以文字、图片的形式保存下来。纪念册不仅是对过去成绩的记录，还是展现浠水杂技独特风采的对外窗口，有助于促进国内外的文化交流，提升浠水杂技团的知名度和影响力；同时也是冲锋号角，鼓励新一代的杂技艺术工作者继承前辈的优良传统，勇于开拓创新，为中国杂技艺术的发展贡献力量。同时纪念册展现了浠水杂技团创新发展、团结奋进的精神风貌和精益求精、追求卓越的艺术态度，是对浠水杂技七十年来文化传承的致敬与延续。

几年前，我赴浠水县拜谒了民盟前辈闻一多先生纪念馆，参观了美轮美奂的杂技馆，还看到了一群朝气蓬勃、青春飞扬的杂技学员。闻一多先生有一句诗："红烛啊！'莫问收获，但问耕耘。'"祝愿浠水杂技团站在新的起点上，紧跟时代步伐，不断耕耘，创作出更多更好的杂技精品，书写更加精彩的篇章！

2024年9月

第二辑

理论文章篇

现代、后现代交叉时期艺术家何为

艺术及艺术家所处的时代是我思考和检验一切艺术问题的出发点。

世界文学艺术经历了崇神时期、农神时期、文艺复兴、现代主义与后现代主义时期。人类从一开始就是崇神的,他们认为自己的一切都是神给的。农业文明之后出现了农神时期,再后来是文艺复兴也就是工业革命时期。工业革命使人们的思维方式、生活方式发生了巨大变化,此后就到了现代、后现代主义时期。现代主义经历了一个长期的发展历程,那时各个艺术门类都出现了很多伟大的艺术家。到了20世纪中叶甚至末期,现代主义的一些价值观、思维方式又发生了一次大的变革。

当一个时期不能包容它的前一个时期,当它对传统既要继承又要反叛的时候,就要产生一个新的历史时期。当下,我们就处在一个新的历史时期。如果说现代主义时期文化艺术形态是垂直根状的,传播方向是单一的,科技体征是印刷术、纸张,符号是文字,话语权掌握在知识分子手里,那么当下这一新的历史时期,文化艺术形态不再是垂直根状的而是平面的,传播方向不再是单一的而是对话交流的,科技体征不仅是印刷术更是电子媒体,符号不仅是文字更是图像,话语权不仅掌握在知识分子手里更掌握在受众手里,这是一个大的置换。它使人们从一元论或二元对立模式中解放出来,确立了多元世界的重要性、边缘立场的可理解性、个体选择的合法性。随着后现代主义精神的不断扩大,文化艺术领域形成了多元文化相互融合,各艺术门类相互集结、互相促生的特点。这就是所谓的后现代主义时期。

一个时代艺术的产生是受其科技环境、人文环境、自然环境、历史环境影响的。当今时代经济繁荣、科技发展、信息高速，人们的思维方式、生活方式和情感方式都发生了深刻的变化。人们不再满足于过去那种单一的、平面化的艺术形式和机械的二元对立的价值取向，而是需要能够契合当代人的情感经验和审美方式的艺术作品。尤其是20世纪80年代中后期以来，西方现代和后现代主义哲学观念和艺术作品被大量译介进来，这对处在喧哗与躁动中的中国艺术界产生了巨大影响。因此，我们必须意识到，我们正处在一个现代与后现代的交叉时期。在这样一个混合了19世纪的浪漫主义激情和后现代主义的非理性精神以及某些荒诞感的时代，任何一个单独的艺术门类已经远远不能满足广大受众的审美需求。艺术形态和审美价值的多元性、非中心性，艺术门类之间的交叉互渗，不同文化之间的相互融合，已经构成并将继续构成中国艺术乃至世界艺术的主要特征。正如汉赋之后出现唐诗、唐诗之后出现宋词、宋词之后出现元曲一样，在我们这样一个伟大的时代，必然要产生属于这个时代的伟大艺术，而这一伟大的艺术也必然要带着浓厚的时代气息和独特的精神烙印呈现于这个时代的舞台上。

在现代主义与后现代主义交叉的当今时代，中国舞台艺术的形式问题已经被推到一个显著的位置，这是由时代审美心理趋向的丰富性、敏感性、深层性所决定的。造成当下这种特征的原因，很大程度上与世界文化的一体化趋势有关。随着跨国资本与高新技术的强劲输入、通信与互联网的快速发展，丰富多彩的世界艺术形式涌入国门，这一切引起了人们审美情绪的强烈激荡，随之对司空见惯的传统形式产生了审美疲劳。因此，在这样一个特殊时代，真正的艺术家应该竭尽全力地在精神上挖掘人类多层的审美意蕴，在形式和结构上拓展全新的艺术空间，最大限度地满足观众不断变换的、多方位的审美需求。

那么，这个时代的艺术如何产生？如何继承传统？如何超越自己？经过长期的知识积淀和艺术实践，经过对多种艺术门类审美特征的深度思考和潜心钻研，我逐渐领悟到了一条艺术创作的内在运行规律：离经叛道开新径，违师背典出奇章。拿来一个脚本或承办一个节目，我首先要思考的是，它应该以怎样独特的艺术形式来表现契合现当代观众审美情趣和独特的思想内容。每个时代的艺术理论都是在辩证否定中发展和完善的。没有理论的规范，艺术发展是缓慢的；有了理论，我们能否突破其框架，这是衡量一个艺术从业者是否合格的重要标志。屈原的楚辞是完美的，到了汉代仍会出现汉赋；汉赋是完美的，到了唐代仍会出现唐诗，到了宋代仍会出现宋词，之后会出现元杂曲、出现明清小说。以此类推，是因为时代造就了艺术，也造就了艺术家。

艺术的生命力在于创新。没有创新就没有发展，没有发展就要被边缘化，边缘化之后就是衰落，衰落之后就是死亡，这是一种自然法则。当然，创新并非另起炉灶，从某种意义上讲，更体现为对艺术本体的回归，体现为对传统文化精髓的继承与延展，抓住本体就是最大的继承。也就是说，如果我们搞杂技，就要抓住杂技的本体语言，以杂技的本体语言为核去扩延它、拓展它、提升它，这才是继承和发展。20世纪80年代初期艺术界出现了一些所谓的艺术创新的尝试，但这些尝试仅仅是对西方某些艺术理念的简单解读，对其某些舞台手段的生硬照搬，并因其对中国传统文化和美学精神粗暴的割裂，而疏离了中国观众几千年来积淀的审美心理和接受习尚，所以尽管声势浩大却收效甚微。艺术的创新应该有一个从有法到无法的过程，"无规矩不成方圆"，有了规矩设法突破它、超越它、提升它，才是一个具有历史责任感的艺术家应有的立场。在艺术实践中，要始终能够以一种"视界融合"的艺术姿态和兼收并蓄的创作理念，将所有的艺术理论和舞台手段与自己所要表现的艺术主题和审美理想结合起来，与当下中国受众的审美情趣结合起来，与中国传统文化的美学精神结合起来，使之构成一种新的时代话语和艺术话语。

杂技剧的创作就是对这种艺术理念的尝试。杂技剧目前在我国还是一种全新的剧目形式。它的特点在于以杂技的本体语言，即杂技演员的表演展开故事情节，诠释艺术主题。这就要求在艺术形式的探索上大胆创新，各种艺术构想与现代审美取向融会贯通，同时多种艺术形式与当代杂技巧妙糅合为一体，使艺术品位和杂技技巧相得益彰，完美体现。

在杂技剧的创作中，如何既能呈现剧作的思想意旨又不降低杂技技巧的难度，同时能够将两者天衣无缝地融合在一起，是一个难题，也是对从业人员在思想观念、艺术形式和结构技巧上的严峻挑战。我的艺术理念是：小东西大制作，低东西高配制，传统的艺术用最现代化的方式打造。具体到杂技剧就是运用杂技艺术的表现形式，即以杂技艺术为核，以杂技语言为主体，集其他姊妹艺术为一体，展现富有现代、后现代意味层次的新型的综合艺术模式。

在创作中，我注意做到表演以杂技技巧为核心，兼容假定、虚拟和大写意的手法以及舞蹈、音乐、魔术、戏曲、武术、雕塑等多种艺术门类的表现手段，给观众无限的遐想。同时，杂技技巧的选择不仅完美地契合了每一环节的规定性情景，情景流动中隐含的故事情节也在观众的想象中呈现着整个剧目的艺术主题，使整场演出看起来既自由灵动、高潮迭起，又浑然天成、和谐统一。

在过去，杂技仅仅是一种杂耍，是杂技艺人们讨得一口饭吃的谋生手段。在今天，当这种简单的传统艺术经过大制作、高配制以及现代化方式打造之后，它竟能成为令世人仰慕的高雅艺术。其中的品格转换必定凝聚着众多杂技艺术家的辛勤劳动和聪明智慧。在这一转换过程中，不仅赋予了传统杂技艺术以"叙事"的功能，将杂技的表现形式融入丰厚的文化内涵，扩大了杂技艺术的包容力和表现力，而且在实践中立足于杂技艺术的本体语言，同时集其他姊妹艺术为一体，创造出一种既熟悉又陌生的富有文化底蕴和现代意味的新型综合艺术模式。

除此之外，这一新型的综合模式还包括各种艺术手段的创新性运用。因为我们所处的是以图像为主要艺术符号的现代与后现代交叉的时代，这个时代的艺术特征就有它的独特性。搞杂技剧创作，我从手法上尝试使用了假定、虚拟、写实、时空自由流转等表现手段，从舞台呈现上使用了多点式，必要时还使用主点、辅点、次辅点这三个点在舞台上来回置换。这么三个点，再加上横三度、竖三度，近身三、四度等手段的灵活运用，就可以形成台中台、戏中戏，呈现多角度、多中心、多视点、多层面的舞台效果。而且使用这种台中台、戏中戏，多中心、多角度，时空自由流转以及浪漫主义的大写意等后现代主义的表现手法规定场景，可以更准确、更鲜明地展现人物形象，彰显艺术个性，真实、全面而又深刻地诠释思想主旨。这些手段在任何导演理论中都很少论及。我在杂技剧的创作中，这些手段的运用可以说贯穿剧作始终。

舞台艺术要长久、要有生命力，就必须有新的创造。文化的最高形式是艺术，艺术的最佳效果是亲切、熟悉还要陌生，是似与不似之间的把持，而新的作品就是要有这种既亲切、熟悉又陌生、间离的鲜润感，这也恰恰契合了梅兰芳、布莱希特、斯坦尼斯拉夫斯基的三种体系。这就是我在创作一部作品时的艺术尺度。

在当今这个现代与后现代交叉时期，我们的艺术家何为？在上海国际艺术节的一次闭幕式上做总结时，我曾经说道，看了大约有三十台戏，我深深感觉到，我们国家文化艺术事业的繁荣和发展呈现出了一派喜人的景象，但是很少有作品能和国际接轨，这种现象使我感到很悲哀。包括我们的决策者在内，我们所有的艺术家，一定要明了自己所处的时代：大众化是目标，分众化是手段，目标市场中的细分市场要思考用什么手段把它做出来。创作之前一定要弄清：我为谁？我为什么在创作？经常听人抱怨我们的作品没有市场，实际上任何一个国家、任何一个社会、任何一个时代，人们时时刻刻都需要艺术，只有落后保守的艺术家，没有落后的受众。艺术的发展恰恰是受众在带动着艺术家向前跑，受众一直是引领艺术前进的先导者。汲取传统的文化精髓，把持住自己从事的艺术的本体，借鉴其他姊妹艺术的表现手法，努力开拓属于自己的艺术空间，创作出既具有一定的观赏性又具有高度艺术品位的富有现代意味和时代精神的艺术珍品。除此，当代艺术家别无选择！

2010年4月2日

艺苑杂谈

当代中国杂技艺术发展道路的回顾与前瞻

杂技是人类最早产生的艺术形式之一，也是一门最具世界性的艺术。中国是享誉世界的杂技大国，中国杂技就在这块土地上产生并不断地发展。考古证明，远在百万年以前，人类就在这片广袤的土地上生息和繁衍。在人的生存本能的支配下所产生的生存技能，作为杂技艺术的最基本要素，参与了由猿到人的进化过程，催发了人类文明，同时也创造了杂技艺术本身，进而成为一种能够全程记录人类发展历史的艺术形式。

经过几千年的风风雨雨，很多艺术品种日渐衰微最终消失了，而杂技艺术却越来越壮丽，越走越辉煌。在当今现代主义和后现代主义艺术的交替时期，杂技所显示出的强大的兼容性和通化力乃至它在民众中的极广泛的参与，都成为它发展向前、经久不衰的根本。

当代中国杂技艺术正是在世界杂技艺术发展最为迅速、空前繁荣的情势下获得自身的进一步发展的。特别是在20世纪90年代以来的杂技编导艺术的兴盛时期，受到世界杂技艺术发展的积极影响，中国杂技又获得了长足的进步，在世界杂坛上始终保持着领先地位。总而言之，中国的优秀传统文化及其文化精神支撑了中国杂技的繁荣发展，特别是在当代，世界多元文化并存共生，中华优秀传统文化以及现代文明成就了当代中国杂技的独特品质。

一

杂技是一种以表演各色技巧为主的表演艺术。在我国，"杂技"一词,最早见于《汉书·武帝纪》(班固撰,颜师古注):"三年春,作角抵戏,三百里内皆来观。"应劭曰:"角者,角技也。抵者,相抵触也。"文颖曰:"名此乐为角抵者,两两相当角力,角技艺射御,故名角抵,盖杂技乐也。巴俞戏、鱼龙曼延之属也。"师古曰:"抵者,当也。非谓抵触。文说是也。"《南齐书》载:"角抵象形、杂技,历代相承有也。"

"百戏"是古代乐舞杂技表演的总称,秦汉时已有。南北朝后,"百戏"这种兼有杂技乐舞等的表演形式亦称"散乐"。元以后,对杂技魔术多称为"把戏"。民国时期杂技团体多称"技术团""武术团"或"武戏团",抗日战争时期的延安使用了"杂技团"的称谓,直到1950年周恩来总理为"中华杂技团"命名,"杂技"这个词开始被更为广泛地使用。

英文中的"circus"指代与中国杂技相近的艺术概念,即指观众围起圆圈观看人体技艺、马术、驯兽等高空和地面技巧演出的观演形式,亦称作"马戏"。

古老的中国杂技萌芽于新石器时期,春秋战国时期已具雏形,兴盛于汉唐艺术盛世,宋代逐步走向民间。新中国成立后,在党和政府的正确领导和亲切关怀下,中国杂技艺术获得了全面发展和全面繁荣。特别是改革开放以来,中国杂技走出国门,融入世界马戏杂技艺术大潮,并引领其向前发展。

二

新中国成立后的六十年间,中国杂技的发展始终紧紧跟随着我国社会主义建设的步伐前进,在中华民族艰苦卓绝的发展进程中,杂技艺术也经历了几个不同的历史发展阶段。

1949年10月—1966年5月,新中国成立后的十七年可谓当代中国杂技的开端及初步繁荣。当代中国杂技是在社会主义文艺的"二为"方向和"双百"方针指引下,在国家文艺管理部门的直接指导下,从"改人、改戏、改制"起步的。"旧中国留下的整个杂技行业，是一个在奄奄一息中挣扎的烂摊子"，通过对旧艺人的改造、旧节目的推陈出新和旧管理制度的改革，杂技及杂技艺人的社会地位发生了根本性的变化，并成为社会主义文艺的一个重要组成部分。旧艺人在党的教育下，摒弃了从旧社会带来的一些不良习气，成为新中国的社会主义文艺工作者。新中国成立初期，在被组织起来的一些分散的、较有影响的旧杂技班子基础上，诞生了第一批国营杂技团体，它们与民营团体和业余杂技活动一起，共同创造了这一时期杂技艺术的初步繁荣。

在艺术的"百花齐放，推陈出新"的方针指引下，一些从旧社会传下来的残忍、恐怖、庸俗、丑陋的杂技节目如《大卸八块》《大锯活人》《油锤贯顶》《吊辫子》《蛇穿七窍》《生吞五毒》以及打嘴巴、擤鼻涕、放屁冒烟等，被许多杂技艺人自动停演。同时，大部分传统节目得到了恢复和提高，创作有时代气息和民族特点的杂技节目成为这个时期杂技艺术的发展方向，如整理加工后的《大武术》《小武术》《椅子顶》《杂拌子》《晃板》《抖空竹》《钻地圈》《流星》《耍花坛》《柔术》《车技》《皮条》《口技》《魔术》《古彩戏法》等，深受广大观众的欢迎。在大篷、撂地等多种传统演出方式的同时，杂技登上了艺术舞台。节目中进一步突出表演技巧，追求技巧和表演形式的出新，并加入舞美、灯光、服装、化妆、伴奏等，成为20世纪50年代中国杂技艺术发展的主要趋势。在党和政府的亲切关怀下，曾成功地举办了国庆十周年献礼演出、全军文艺会演和第一次全国杂技艺术工作座谈会等一系列具有重要影响的大型杂技艺术活动。舞台杂技的快速发展，使中国当代杂技艺术走出了一条不同于国际马戏界的独特的发展道路，并最终形成了中国杂技重人体技巧、精雕细刻、技艺并茂等鲜明的艺术特色。中国杂技和杂技艺人的新面貌也被摄制成电影在全国放映，产生了很大影响，如《广场杂技表演》（1955）、《中国杂技艺术》（1956）、《杂技里的秘密》（1957）、

《欢天喜地》（1959）、《马戏团的新节目》（1960）、《魔术师的奇遇》（1962）、《飞刀华》（1963），等等。武汉杂技团著名杂技艺术家夏菊花的《顶碗》、中国杂技团金淑勤的《叠椅倒立》、重庆杂技团的《平衡造型》、中国杂技团的《钻圈》等，都在艺术上有所创新和突破，成为那一个时期的中国杂技艺术的杰出代表。夏菊花等杂技艺术家还有幸多次受到毛泽东、朱德、周恩来等老一辈无产阶级革命家的亲切接见。据不完全统计，1950年到1966年期间，我国有20多个杂技团体出访了60多个国家，有8个亚欧国家杂技团来访，加强了中外杂技艺术交流，并把新中国杂技艺术的重要影响传播到整个世界。

1966年5月—1978年11月，"文革"时期的杂技。这个时期的中国杂技遭受到了前所未有的重创。大多数杂技团体停止了所有业务活动，一大批杂技节目遭到禁演，杂技艺术家成为"资产阶级反动权威"。随之出现的一股创作演出"革命杂技"之风，将20世纪五六十年代兴起的杂技创作演出的政治化、情节化的创作倾向推向极端。其中只有极少数在创作上是成功的，如反映战士生活的《战士游戏》《快乐的炊事员》《海防线上》等。

20世纪70年代初，杂技艺术出现了转机。一些地方重建了杂技团体，演员恢复了练功演出，恢复了部分传统的杂技表现形式。与此同时，杂技艺术被安排在许多重大外事活动中演出，代表国家形象频频亮相。这一时期，中国杂技和乒乓球一起在我国外交活动中扮演了重要角色，有中国的"小球和杂技外交"之美誉。譬如：沈阳、上海、广州等的杂技团都曾为中美建交及其他外交活动作出贡献；柬埔寨西哈努克亲王及夫人、美国总统尼克松等都曾观看过中国杂技演出。此间，中国杂技出访了五大洲，不管走到哪里都是好评如潮。

"文革"后期至70年代中期，杂技艺术随着全国文艺形势的好转进一步回升。除了积极恢复创作演出之外，各地杂技团还普遍招收新学员，加强业务工作。据不完全统计，这一时期全国的杂技团体共招收新学员近千名，一批杂技新人迅速成长，优秀人才脱颖而出。

1976年，国家文化部门组织的全国杂技调演，汇集了27个省、自治区、直辖市以及军队和铁路系统33个团队的2333人，82个品种的440个节目，组成32个晚会，分4轮演出（见夏菊花主编《当代中国杂技》）。其规模之大，创作演出队伍之年轻，节目内容之丰富，演出场次和观众之多，都是空前的。

1978年12月—2008年12月，改革开放三十年的中国杂技艺术。改革开放三十年，中国杂技呈现出一派前所未有的繁荣景象。特别是中国文化部曲杂皮木处（现为文化部音乐舞蹈杂技处）恢复建制以来，对积极指导、推动、发展我国杂技艺术事业起到了十分重要的作用。在它的直接领导下，中国杂技的创作、演出、教育、理论研究等各个方面都取得了辉煌的成就。1981年10月28日中国杂技艺术家第一次全国代表大会召开，中国杂技艺术家协会成立。中杂协对内负责联络、协调、服务和业务指导各杂技团体工作，同时，中杂协与文化部音乐舞蹈杂技处和中国对外演出公司团结合作，共同组织国内杂技的各项评奖、演出、交流、观摩等活动；组织各种形式杂技理论研讨和宣传活动；收集、整理和研究国内外杂技资料，传播杂技艺术信息；负责国际杂技、魔术界人士和代表团来华访问演出；组织代表团出国访问、交流、考察；组织参与国际杂技大赛，创办国际国内杂技、魔术艺术节等。他们与全国杂技界同人一道，为促进当代中国杂技艺术的发展，扩大中国杂技在国际上的声誉和影响，在这一历史时期对发展中国杂技艺术事业，作出了极其重要的贡献。

也就是在改革开放后的1981年，中国杂技再度走出国门，走向国际市场和赛场。此后，中国杂技每年在各大国际杂技赛场上频频获得金奖，为国家赢得了荣誉，也迎来了新时期中国杂技全面发展繁荣的大好局面。特别是在90年代以来，世界性的杂技编导艺术繁荣兴盛，中国杂技从此告别了单一的竞技、单纯的技巧模式，开始进入以技巧为核心，集姊妹艺术于一体的新型的综合艺术模式，出现了一大批符合现代审美需求的好听、好看、好玩并有一定文化内涵的主题晚会和单体节目，使杂技的创作演出呈现出了空前的大发展大繁荣，推动着中国杂技艺术走向了一个新的高峰。

三

当代中国杂技的发展繁荣充分体现出了以下几个特点：

第一，创作思维开放，节目品种繁多，精品层出不穷。今天，杂技艺术家的艺术视野十分开阔，他们以较前辈更加通达的艺术态度、更加全面的艺术素养和更加国际化的艺术品位投入创作。杂技主题晚会《金色的东南风》（成都军区战旗杂技团）、《天幻》（沈阳杂技团）、《快乐魔方》（雅林腾龙魔术团）、《故乡》（河北省杂技团）、《天缘》（河北省杂技团）、《中华魂》（中国杂技团）、《今夜星光灿烂》（战士杂技团）、《在月亮的那一边》（沈阳军区前进杂技团）、《西游记》（广州市杂技团）、《英雄天地间》（武汉杂技团）、《梦幻西游》（深圳福永杂技团）及魔术主题晚会《玄光》（河北杂技集团）等优秀作品不断涌现，并以它们独特的创新思维、艺术内涵和精湛的技巧引领新时期中国杂技的潮头。战士杂技团的杂技芭蕾舞剧《天鹅湖》，以杂技与经典芭蕾舞剧的巧妙融合，开创了一种杂技芭蕾的新形式。该剧在2004年第八届全军文艺会演中一经亮相，便独揽了剧目、编导、表演、舞美等十项大奖，此后的境外巡演也屡获好评。这些杂技艺术精品的创作历程，代表着当代中国杂技的坚持不懈的艺术探索，它们将中国杂技艺术一步步引入佳境，引向辉煌。

可以说，经过新中国成立以来六十年的艺术实践，中国杂技实现了一个质的飞跃，从创意、技巧、编排、道具、表演、音乐、舞美、服装、灯光等许多方面开掘，完全改变了传统杂技的创作演出模式，走上了一个新的、更高的艺术层面，成为具有鲜明民族文化特色、为广大人民群众喜闻乐见的一种现代娱乐形式。

第二，赛场市场并荣，观演形式多样，审美品位提升。杂技艺术始终保持了雅俗共赏的审美特色，无论是在大型杂技场馆、一般演出剧场，还是在大篷、广场、酒店、公园、游乐场所等，都可以见到适于环境的不同式样、不同规格的杂技演出。现代中国杂技的繁盛使杂技"一直是我国对外文化交流的主打项目。我国通过商演渠道输出的表演艺术几乎全为杂技所包揽"（《中国文化报》2005年4月27日驻英国使馆文化处专稿）。杂技被公认为我国表演艺术在国际演出市场中获奖最多、创汇最多的一个。

1987年10月，我国创办了闻名中外的"中国吴桥国际杂技艺术节"。这个由中国文化部和河北省人民政府共同主办的国际性重大赛事，每两年举办一次，至今已经成功举办了十二届。同时在中国吴桥国际杂技艺术节期间，中杂协与杂技节组委会共同创建了一个国际马戏界的高层峰会——"国际马戏论坛"，至今已举办了六届，大大提高了中国杂技的国际形象，有力促进了国际杂技马戏界的艺术交流。中国吴桥国际杂技艺术节被誉为"世界三大国际杂技赛场之一"的"东方赛场"。1992年我国又创办了"中国武汉国际杂技艺术节"，由文化部外联局、文化部艺术司、中国杂技艺术家协会、中国对外文化集团公司、中央电视台、武汉市人民政府、湖北省对外文化交流协会联合主办，每两年举办一次，至2008年已成功举办了八届，并同时举办了六次杂技理论研讨会。中国武汉国际杂技艺术节与中国吴桥国际杂技艺术节一起，开创了中国杂技国际大赛场的辉煌。

20世纪90年代末创办的跻身世界著名魔术大会之列的"上海国际魔术节""'宝丰杯'全国魔术比赛"以及2009年7月在我国北京举办的世界魔术奥林匹克——"北京世界魔术大会"，都是规模盛大、影响广泛的魔术盛事，是我国综合国力和艺术实力的具体体现。

此外，由文化部和中国文联分别主办的国内杂技大赛、各大赛区比赛如全国杂技比赛、"新苗杯"杂技比赛、全国青少年杂技比赛、中国杂技金菊奖等，都是中国杂技的全国性的重大赛事，记录着改革开放三十年来中国杂技的伟大成就和辉煌历程。

中国杂技在世界大赛场上取得了骄人的成绩。截至2009年上半年，中国杂技参加过22届摩纳哥蒙特卡洛国际马戏节，荣获9个"金小丑奖"；参加法国巴黎"明日"国际杂技节，荣获15个"法兰西共和国总统奖"，这些荣誉令世界瞩目。

随着我国改革开放后的政治发展、社会稳定、经济繁荣，杂技演出的国内市场也日渐兴盛发达。各地政府开始按照杂技演出特殊要求，出资兴建起一批专供杂技演出的大型演出场地，如：武汉杂技厅、河北艺术中心、上海马戏城、广州长隆国际大马戏，还有正在兴建中的重庆国际马戏城，北京国家体育馆的配馆也即将改造为马戏城。在首都北京、深圳、广州、上海等大城市还出现了一批全年不断的驻场演出。这些大型杂技魔术演出一般都具有鲜明的艺术特色和较高的艺术水准，在创意、编排、技巧、包装等各个方面都展示出新的时代品格，取得了良好的社会效益和可观的经济效益。比如：广东长隆集团的杂技马戏旅游秀《森林密码》，在2007—2009年演出创收数亿元；上海马戏城、上海杂技团、中国演出公司、上海文广集团组成的时空之旅文化发展有限公司出品的大型杂技旅游秀《时空之旅》，三年间创纯收入2亿元；深圳东部华侨城的杂技旅游秀《禅》，四川德阳杂技团在北京朝阳剧场演出的杂技专场《翔》《龙行天下》，天创文化传媒有限公司制作、在北京红场演出的《杂技功夫秀》等，都在国内演出市场上获得了丰厚的经济收入，并开创了这类杂技演出的新范式，为现代观众所喜闻乐见。

特别值得一提的是：在党和国家领导同志的关怀下，荣毅仁基金会特别设立了"荣毅仁基金会杂技艺术奖"。该奖在2004—2013年每年斥资

1000万元，用于奖励近年来在国际国内重要赛场上获奖的杂技艺术家和杂技团体。该奖是荣毅仁基金所设立的唯一的艺术门类的奖项，而由我国有着重要影响的基金会来设立杂技艺术大奖也是我国历史上从未有过的，可见杂技艺术在当代中国的重要地位及其在国际国内所产生的积极影响。

第三，教育形式多元，尊重艺术规律，教育理念更新。与传统杂技教育形成强烈反差的是，现代杂技教育越来越趋向于教育形式的多元并存，教育主体形式逐渐向国民教育重心转移，并自觉追求杂技教育的科学化、系统化和教育理念的现代化。

新中国成立六十年来，杂技教育始终保持着父传子、师带徒的传统教育方式，同时，团带学员、专业杂技学校教育和民办杂技学校（班）日益繁兴。由于杂技教育的特殊性，杂技被纳入国民教育体系的道路曲折。有资料记载：早在1959年4月，中国文化部就建议河北省建立一个马戏杂技学院，培养面向全国的杂技人才。计划首批招收200名学员。结果，首批招生仅70多名，并因河北省会搬迁及三年困难时期等原因，建立杂技学院的构想未能完全实现。

1977年河北省艺术学校成立了杂技科，并于1977、1984年招收了两届，学制六年。1985年，"杂技之乡"吴桥县创建了我国第一所民办杂技学校。20世纪80年代中期以来，出现了上海马戏学校、濮阳杂技艺术学校、北京市国际艺术学校等一批较有实力的杂技中等教育机构。90年代，以沈阳体育学院杂技教师大专班为起点，我国拥有了杂技高等教育。1997年河北省艺术学校与河北师范大学联办了杂技编导大专班。

2004年春季，中国杂技家协会与北京师范大学艺术与传媒学院联合开办了三届杂技编导专业大专班。这个"北师大杂技班"是中国杂技教育有史以来的第一个国家级杂技高等教育班，同时也是中国杂技艺术第一次有了《杂技概论》公开出版物，并有《杂技概论》和《中国杂技史》作为正规教材的里程碑式的重要教学活动。它在当代中国杂技史乃至整个中国杂技艺术发展史上都有着重要的地位和影响。

为改变杂技中专缺乏统一教材的状况，2005年5月，中国杂技家协会在"杂技之乡"——河北吴桥主持召开了"全国《杂技中等专业学校教材大纲》研讨会"，来自全国各地的杂技界同人共同就吴桥杂技学校起草并提交大会讨论的《杂技中等专业学校教材大纲》进行了深入研讨。与会代表对《杂技中等专业学校教材大纲》提出了很好的意见和建议，为在全国范围内进一步重视杂技中等专业教材的编纂工作打下了坚实的基础。2008年5月，由北京市艺术研究所、北京市杂技学校共同参与，王文生主编的六十万字的《杂技教程》一书由新华出版社出版发行，作为杂技中专教材、杂技教师培训教材和杂技业余爱好者学习使用的读物。作为公开出版的杂技中专训练课程教材，亦十分珍贵。

尽管在当前中国杂技教育快速发展的大环境中，杂技高等教育的前进路途充满坎坷，但是总体来说，当代中国杂技教育在教材、教学等方面都取得了划时代的进步，今天的中国杂技教育更加自觉地遵循艺术规律，牢固地树立起了现代教育理念，并努力与世界现代教育接轨。

第四，理论建设加强，史论成果丰硕，文化含量较高。当代杂技理论所取得的辉煌成就，是新中国成立以来杂技艺术成就的重要组成部分。特别是20世纪80年代中期以来，以中国杂技家协会为龙头的杂技理论建设活动积极稳健地开展着。1985年中杂协成立了研究部，1987年开始了全国性的杂技理论研讨活动，先是由七省一市发起，到1991年发展为十一省一市联办，1992年中杂协将分散的、不定期的理论研讨活动组织发展为"全国杂技理论研讨会"，根据快速发展的杂技艺术的需要，研讨会每年召开一次，并设立了理论奖项。研讨会曾围绕诸多问题展开研讨：杂技艺术本体和综合艺术表现形式的关系，继承、借鉴与发展、提高的关系，如何使杂技改变无编导、无自创音乐的现状，科学训练、素质培养，"军中楷模"——广州战士杂技团的成功经验，杂技教育规范化、科学化，如何让剧场发出笑声，中国魔术的创新步伐，中国马戏在民间的迅猛发展，培育杂技演出市场，注重满足观众不断提高的审美需求，等等。1998年起，这项理论评奖活动被纳入中国杂技金菊奖奖项，成为全国性文艺奖项中的第一个立项的杂技理论奖。

几十年来，先后出版了《中国杂技》（傅起凤、傅腾龙著，天津科学技术出版社，1983）、《中国杂技史》（傅起凤、傅腾龙著，上海人民出版社，1989）、《杂技论坛》（中国杂技艺术家协会编，华文出版社，2000）、《当代中国杂技》（夏菊花主编，当代中国出版社，1997）、《杂技美的探寻》（唐莹著，天津科学技术出版社，1989）、《杂技：超常的艺术》（唐莹著，中国文联出版社，1991）、《河北杂技》（边发吉主编，周大明等著，花山文艺出版社，1999）、《中国古代杂技发展概略》（聂传学著，新华出版社，1991）、《中国大百科全书·杂技》（傅起凤编著，中国大百科出版社，2008）、《中国艺术百科辞典·杂技》（傅起凤、聂传学学科主编，商务出版社，2004）、《杂技艺术论》（林义泉著，武汉出版社，2003）、《中国艺术史·杂技卷》（史仲文主编，河北人民出版社，2006）、《杂技概论》（边发吉、周大明著，北京大学出版社，2007）、《杂技教程》（王文生主编，新华出版社，2008）等一批有分量的杂技著作，1981年中杂协创办的双月刊《杂技与魔术》至今坚持出版，中杂协编辑出版的《杂技论文集》和《杂技论坛》公开发表了改革开放到20世纪末全国杂技理论研讨会的一、二等奖获奖论文，以及其间的中国杂技金菊奖·理论奖的获奖论文，等等，真实、全面地记录了当代中国杂技风貌及其理论研究的发展历程，弥足珍贵。又如全国艺术科学"十五"规划课题——北京大学出版社2007年9月出版的艺术史上的第一部《杂技概论》，开创性地为杂技艺术构建起了一个基础理论体系，填补了杂技艺术学科理论空白。在2007年"第十一届中国吴桥国际杂技艺术节·国际马戏论坛"上，该书与来自世界二十多个国家的杂技马戏精英见面，获得高度赞誉，流传海外。2004—2008年，该书作为北京师范大学与中国杂技家协会联合创办的"杂技编导大专班"专业课教材，与先前出版的《中国杂技史》共同完成了杂技艺术一史一论的基本理论框架，成为高等教育教材，结束了杂技这个艺术门类在大学讲堂上没有教材的历史，开创了中国杂技教育的新纪元。

总之，新中国的杂技理论建设是中国杂技艺术最为重要的发展时期之一，出现了一批有着重要历史价值的理论成果，对杂技艺术实践的发展产生了十分重要的作用。

第五，世界文化交融，古今中外传承，前景更加广阔。杂技的自由开放的艺术精神极大地促进了世界文化的广泛交流与发展。中国杂技让世界了解到中国艺术的民族精神，在同美国玲玲马戏团、加拿大太阳马戏团、德国妈妈演出公司、荷兰星辰马戏团、瑞士克尼马戏团、挪威阿诺德马戏团等国际马戏团的长期合作中，中国杂技学到了异域杂技艺术精粹，甚至包括杂技创意、融资、营销、物流、公关、高科技、市场分析、战略规划、人力资源管理等现代经营理念和方法，对中国杂技的自身建设与可持续发展产生了积极影响。

四

新中国成立六十多年来，中国杂技艺术在继承传统和发展创新过程中实现了自觉的审美超越，同时获得了重大的现代意义。

——以"真功夫"为特征的人体技巧形式（高空、半高空、地面等的人体节目），以本真的人性、人体以及真人的在场创造的文化，是实在世界的一部分，又是艺术的审美创造。在现代艺术的多元化、娱乐方式的多样性共享空间中，真实自然的事物永远是其他各类艺术的原始摹本，它将永远是现代艺术与创造的可能性之一，呈现为一种可参照、可分享的艺术形态，在与现代艺术充斥的复制艺术、虚拟艺术等并存中，愈发光彩夺目。

——魔术是杂技中唯一能够充分体现迄今人类艺术发展所经历的三个重要阶段——模仿艺术（如再现性表演）、复制艺术（如双胞胎表演）、模拟艺术（如利用光电效果制造的现代幻术）的表演艺术形式之一，能够真实体现由传统到现代的人类艺术的进化过程。因此，魔术的思维空间和技术空间是极为广阔的，不仅继承了优秀的文化传统，而且还超出了传统艺术的视野和思想预见，紧紧追随现代文化变迁，以新科技手段、多种媒介的美、多种审美经验营建着新的魔术艺术。在这方面，我国举办的"上海国际魔术节""中国魔术比赛"及有我国参与的多个世界魔术赛事作出了不可磨灭的贡献。同时，群众性的魔术活动空前兴盛。比如，除了活跃着的北京杂技家协会魔术师俱乐部、天津魔术师俱乐部、上海魔术师俱乐部等专业魔术师之家外，由在京二十八个高校组成的"中国高校魔术联盟"、由一千多人组成的"深圳大学生魔术俱乐部"等群众性魔术活动在民间广泛展开。2009年春晚，台湾魔术师刘谦表演的魔术节目，极大引发了广大观众对魔术的审美兴趣，现代中国魔术正在走进民众的生活，走向一个新的艺术时代。

——在人与动物的关系问题上，传统的动物"非理性"、动物"工具论"或"机器论"的观点已遭到质疑，人们正在越来越多地接触到关涉马戏驯兽的现代观念和行为方式，如"动物保护""动物权利""动物福利""生态平等""生态同情"等，已经在世界范围经历了较长时间的酝酿与发展并逐渐取得了共识。作为理论思潮，其源头可追溯到达尔文的《人类的由来》（1871）、亨利·萨尔德《动物的权利》（1892），甚至是边沁的《道德与立法原理导论》（1789）。20世纪，动物解放思潮得到进一步发展，从哲学、伦理学角度思考动物权利、探讨人与动物关系的专著数以百计。可以预见，驯兽表演将越来越朝着有利于动物保护、有利于物种繁衍、有利于人的全面发展和进步、有利于人与自然和谐的方向发展。

——滑稽的审美意趣正在现代社会中得到提升。滑稽演出更在意表现人的个性发展的多样性，在清醒状态中活出自己的精彩。杂技的滑稽艺术以自己鲜明的性格特色，通行于传统与现代之间，让观众由此而缓解现实生活中的心理压力，收获丰盈的心理能量，追求尚未满足的个人愿望，在滑稽演出中享受自我高尚、精神狂欢和心灵震撼的艺术体验。

中国杂技滑稽演出需要改变目前的清冷现状，实现艺术上的成熟和创作上的繁荣；需要对滑稽性格的深层情感的认同和共鸣，并由此发现自己、发展自己，创建和谐社会。

由此看来，杂技在现代社会条件下的目标应该是：与整个社会的和谐发展和自身的快速进步。

五

当代中国杂技仍然需要至少在以下几个方面取得新的进步，以谋求新的更大的发展：

第一，将探索艺术规律作为杂技发展的根本途径。当代中国杂技创造出了空前的辉煌，但是应该看到其中有着许多不确定因素在起作用。譬如：在生产环节上，创作中不计成本的行为，现行文艺体制的使动作用等；在国际市场上，我们仍处于"卖原材料"的被动地位，还没有真正获得独自经营、占据更多市场份额的主动权，传统经营方式与国际现代市场化运作方式不可避免地发生冲撞等；在国内市场上，市场管理机制不够健全，杂技生产严重脱离国内市场需求等。任何违背艺术规律的行为，即使能够在短期内为我们带来助力，但时过境迁，就有可能反过来成为我们的软肋。因此，对艺术规律的探索是创作繁荣的根本途径，它代表着对任何时代自觉寻求艺术发展的普遍要求，理应给予根本性的地位。

第二，发扬民族杂技艺术的优秀传统，培育和弘扬民族精神，突显自身特质和民族品格。中国杂技向来有人体技巧方面的优势，它体现着民族体质的优美健硕和体态的多姿多彩，传达民族精神；它在一定程度上反映着一个民族的文化积累、历史记忆和继往开来的现代品格。中国杂技应当珍爱这一宝贵的文化资源，并以此作为发展的现实途径。比如，获得国际杂技大奖的《四人顶技》《女子大跳板》《女子抖轿子》《蓝色梦幻——绸吊》《椅子顶》《东方的天鹅——芭蕾对手顶》《俏花旦——空竹》《转动地圈》《命运的摇摆——双人晃管》等，都是以人体技艺优势打造出的中国杂技艺术精品。

第三，加强杂技艺术的理论建设，重视对国内外杂技著作及其他见诸文字的研究成果的推介、翻译、引进、输出等交流工作，创建被业内普遍接受、取得共识的完整的专门理论话语体系（含翻译）。在保持传统杂技术语的生动性、民族化、生活化的基础上，彻底改变专业术语使用上的一义多用和多义一用的无序状态，改变专业术语以口语、土语、俚语及感性经验为主体的芜杂繁复的话语方式，提倡一般性书面语表述方式，进而建立起以科学性、系统性、规范性、学理性为主要特征的，便于与其他人文学科交流的专业话语体系。这需要从我们这一代即开始着手来做，专心致志地、扎扎实实地、科学有效地当作基础的基础来做。

然而目前，有志于杂技研究、翻译以及演出形式以外的杂技文化建设的人士还不多。从工作机制上讲，我国至今还没有一个专门的杂技研究机构，甚至没有一个专业杂技研究人员编制。苏联美学家鲍列夫曾在他的《美学》著作中鲜明地指出，杂技是美学中的一个"最难猜的谜"。这说明了杂技艺术学科重要的学科地位、学术价值和研究价值。近年来，我们时常能够听到"组建中国杂技艺术研究所"和"建立杂技高等艺术院校"的呼声。但是，此项工作需要国家文化管理部门和社会有关方面的通力协作，这一构想至今尚未成行。这种落后现状由于长时期得不到改变，导致了专业的杂技翻译作品奇缺，甚至于杂技理论的奠基之作如《杂技概论》

等著作都要依赖于其他门类研究人员的工余创作,极大地制约了当代中国杂技的发展繁荣。

第四,改变以往仅靠演出观摩、看录像、进排练场及简单的动作模仿等仅仅注重学习表演艺术的学习方式,提倡杂技理论学习、外语学习、现代社会技能学习、普及性文化知识学习等多角度、多层面的学习,造就有多种学习能力的高素质的杂技队伍,真正将杂技艺术作为一种文化、一种中华民族文化的优秀代表来投入建设,塑造高标准的国家杂技艺术形象。

当代中国杂技艺术已经从单纯表演的传统形态中脱胎出来,亟待依照艺术规律来进行学科建设,从而建立起以杂技创作、教育、理论、经营管理为主要方面的社会主义杂技艺术的系统化建设工程,以弘扬中华优秀传统文化,促进中国杂技艺术的大发展大繁荣。同时,它寄托着我们当代中国杂技人的热切期盼。

2010年11月

中国杂技,拿什么赢未来

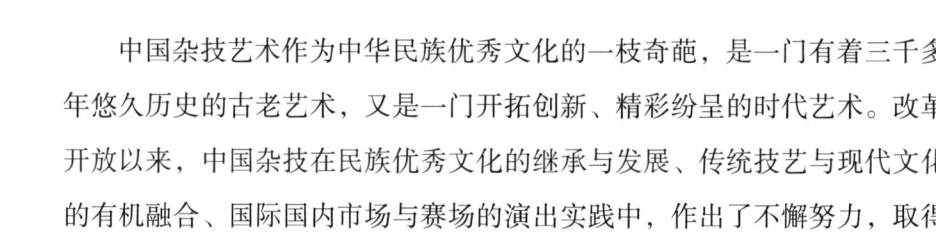

中国杂技艺术作为中华民族优秀文化的一枝奇葩,是一门有着三千多年悠久历史的古老艺术,又是一门开拓创新、精彩纷呈的时代艺术。改革开放以来,中国杂技在民族优秀文化的继承与发展、传统技艺与现代文化的有机融合、国际国内市场与赛场的演出实践中,作出了不懈努力,取得了丰硕的成果,令世界瞩目。

三十多年跨越式发展,完成现代转型

改革开放后,杂技艺术率先走向了世界。经过改革开放三十多年的艺术实践和经验积累,当代中国杂技艺术逐步走出了单一技巧展示的演出模式,发展成为以技巧为核心,吸纳各姊妹艺术手段,兼容传统与现代的一门新型综合艺术形式,成功地完成了由传统向现代的转型。

三十多年来,中国杂技翻天覆地的变化,是在国际国内大的文化环境以及市场经济和艺术规律的共同作用下发生的。在国际演出市场、赛场推动下,当代中国杂技重新审视以往单个技巧节目和单纯追求技艺的传统形态,从中挖掘宝贵的文化艺术精髓,并在此基础上发展和创新。改革开放后,杂技成为在国内外演出市场拼打最多、获奖最多的艺术形式。

回顾这段发展历程,一批又一批的新创作品,首先是通过增强舞蹈、音乐、声效、美术、道具、服装、光电、影像等艺术手段在作品中的表现力,使作品的艺术面貌得到极大的改变。进而,杂技又在20世纪90年代初孕育产生和迅速发展了专业杂技编导艺术,对杂技舞台上的技巧、舞蹈、音乐、舞美等综合艺术形式，进行了富于内涵、富于创意的整体包装，增加了节目的文化含量，并在当代中国杂技探索人体高难技巧的叙事和表情能力等方面，进行了大胆的实践和有益的探索。杂技创作相继呈现了"情景杂技""主题晚会""杂技音画""杂技秀""杂技剧""杂技歌舞剧""杂技芭蕾舞剧""冰上芭蕾"等一系列新的演出形式，新人新作层出不穷。从80年代初《顶碗》《转碟》《钻地圈》《狮子舞》等中国杂技节目荣获国际大奖，到2012年春《腾跃——大跳板》《男子艺术造型》荣膺摩纳哥蒙特卡洛国际马戏节最高奖"金小丑奖"，中国杂技不断地取得丰硕的成果，不仅涵盖了改革开放三十多年的辉煌历程，也记录了中国杂技艺术的跨越式发展。

杂技主题晚会《金色西南风》《华夏古韵》《在月亮那一边》《故乡》《中华魂》《玄光》《依依山水情》，杂技剧《天鹅湖》《西游记》《花木兰》《你好，阿凡提》等精品佳作先后产生，享誉海内外。喜爱杂技的广大观众能够清楚地看到，今天杂技演员的美的形象和体态，以及他们身上所散发出的文化气质，已经完全有别于传统杂技人才培养模式培养出来的演员，在他们身上有了一种科学训练和全面发展的时代气息。

此外，杂技理论研究、学术交流为解决新时期中国杂技所面临的诸多新问题，提供了必不可少的智力支持，在杂技事业的发展中发挥了积极的引领作用。中国杂技家协会早在1998年起，便在多次举办全国杂技理论研讨会的基础上，申请设立了"中国杂技金菊奖·理论奖"。21世纪初，《中国杂技史》《杂技概论》等学科基础理论成果问世。改革开放以来当代中国杂技的理论研究，最初虽然主要受到杂技演出市场的带动和影响，但是很快便在实践中确立了自己独立的品格，具有了较高的文化品位，助推当代中国杂技事业进入了一个新的历史发展阶段。

杂技艺术存在多块短板，亟须补课

当代中国杂技的发展繁荣，起步于改革开放，受益于国家的发展进步，扎根于中国杂技队伍的文化自觉。实践证明，中国杂技只有把自身的文化自觉提升到一个新的高度，才能看见又一番好风景，正所谓"欲穷千里目，更上一层楼"。

观众与舞台之间是双向交流的，这就要求我们的艺术作品不能迷失本体，杂技艺术必须依托技巧、道具、造型的基本要素，同时还要有更高的娱乐性和可观赏性。近年来，杂技在探索用技巧表现人物和故事情节方面下了大力气，这些有益的尝试，为今后的创作积累了许多宝贵经验。杂技往往取材于家喻户晓的传统经典故事，借助观众的审美经验，赢得观众的关注。杂技芭蕾舞剧《天鹅湖》是一个最成功的实例，它借助经典芭蕾舞剧《天鹅湖》的盛誉进入广大观众的视野，完全保留了柴可夫斯基的舞剧音乐，同时也就保留了经典芭蕾舞剧《天鹅湖》的戏剧结构，让观众在熟悉的情感流程中完成欣赏。

空中节目、地面节目、滑稽、魔术与驯兽就如同杂技的五朵金花，只有平衡发展才能相得益彰，美不胜收。当前我国的地面节目居于世界领先地位，这已由众多的国际赛事奖项所证明；空中、魔术、驯兽类节目也有了一定的发展。与此不相称的是我国杂技中的滑稽类节目，由于历史和现实的多重因素，目前还十分薄弱，尚未找到属于自己的发展道路，还处在依赖国外、模仿国外的阶段，这一现实造成了我国杂技演出中有掌声而少笑声的状况，而滑稽演出恰是杂技演出中与观众互动最好、最具现场效果的节目类型。为改变这一状况，使杂技演出真正成为融艺术性、娱乐性为一体的综合艺术门类，必须增大滑稽演出的自主创新力度，变模仿为创造，创作更多具有中国文化内涵的高水平的滑稽作品，使杂技艺术均衡发展。

杂技艺术创作，始终是杂技艺术发展中的首要问题。在增加当代杂技文化含量的同时，我们还需要对杂技规律不断地深化认识，不断回到杂技的本体，并从这里整装出发，去探索新的呈现方式，奔赴杂技艺术崭新的未来。

毋庸讳言，我们的杂技工作者还面临许多挑战。譬如：大量的杂技作品，还没有真正解决好技巧与剧目情景的关系问题；杂技技巧的创新日益艰难，亟须更大的智慧和更强的胆魄；基本功训练不仅缺乏科学化、系统化的统一教材，还缺乏因材施教、凸显个性化的绝活教学；杂技理论研究队伍薄弱，优秀研究成果的数量还很少，研究人员多来自其他领域或始终处在杂技艺术的外围，研究经常陷于间歇状态。

展望中国杂技的未来，艺术精品和艺术创新仍然是其发展进步的最重要的标志，也是其永恒的追求。从形式方面讲，杂技本质上就是一门最善于将形式做到极致的艺术。它推崇原创，展示绝活，追求独特，几乎它的每一次创作、每一部作品、每一场演出都会将"极致"作为目标。因此，杂技艺术在呈现方式上又具有了浪漫和包容的可贵品质。它最能够在浪漫的遐想和无限的包容中，获得它所需要的创作灵感和艺术资源。有了这样的可贵品质，杂技艺术便有着取之不尽、用之不竭的艺术源泉，有着高远的发展目标和根本动力。

2012年4月27日发表于《人民日报》

文化发展与文化产业

——2012年"第四届海峡两岸暨港澳地区艺术论坛"演讲稿

我国是四大文明古国之一，拥有悠久的历史和灿烂的文化。随着我国经济的不断发展，文化的重要作用表现得越来越明显。十七届六中全会提出了文化强国，将文化产业作为国民经济支柱性产业进行扶持，将文化的重要性提升到了一个新的战略高度。在大政策的鼓励下，文化产业如同雨后春笋一般蓬勃发展起来。然而，在这空前繁荣的表象下，仍需要对我们所处的文化环境、时代特征、文化脉系等进行全面的思考与反观，从而有步骤、有目的地开展文化产业活动，以便在保护文化传承的基础上，健康有序地发展文化产业。这里将就中华文化的特点与我们所处的时代特征，来谈一谈我们发展文化产业所面临的机遇与挑战。

中国文化的特点及优劣分析

发展文化与文化产业，首先要了解文化的概念及类型。何谓文化？从大文化的角度来讲，文化即是人类所创造的一切文明成果的总和。这可以涵盖一个国家或民族的历史、风土人情、传统习俗、生活方式、文学艺术、行为规范、思维方式、价值观念等。与物质财富所对应，文化是人类的精神财富，属于精神层面的力量。

人类文明的形成是一个漫长的过程，受经济、地理、历史等因素的影响，不同地区之间的文化差异极大，所谓"十里不同俗"。正因为文化的不同，才形成了文化的商品性，可以通过外化的手法，将其商品化，从而产生价值。在这千差万别的形态下，可将其大致分为四种类型，分别是农耕文化、海洋文化、游牧文化、市井文化。这四种文化并存于当今世界上，相互影响，相互冲突。我国是典型的农耕文化国家，数千年来以农业为基础的社会发展道路，形成了独特的中华文明。像"春雨贵如油""小满前后，种瓜种豆"等农谚，"晨兴理荒秽，带月荷锄归""好雨知时节"等诗文以及《旱天雷》等音乐都已为大众所熟知，农耕思维方式正是通过文学艺术的形式借以表达、传播，又在不知不觉中影响着人们的生活。

农耕文化具有自身的优势，其突出之处便在其"贵和"与包容性。在这种状态下，人们可以不用通过战争，而通过劳作来获得稳定的收入，因而社会的安定和谐能够使耕者有其田，这也是社会的普遍理想。这种"贵和"理念下的社会具有对于各类文化的极大的包容度。战争不是农耕文化下解决问题的理想手段，"故远人不服，以德来之"，中华文化一直以其理解与宽容赢得周边异族的内附，华夏一脉从而得以不断扩张，这便是农耕文化的通化力。正是在这种通化力的影响下，我们将各种文化熔汇一炉，无论是儒家入世文化、佛家出世文化还是道家遁世文化，均可在此自由发展，找到相生相宜的土壤，从而形成了儒释道三位一体的文化特色，影响了中国一代代文化主体的建构，也形成了我们所赖以生存与发展的文化环境。因此，农耕文化是非常博大精深的，包容万象。如我省所具有的长城文化，便是农耕文化的衍生物，是农耕文化在抵御游牧文化影响下所衍生出来的次生文化形态，而长城也成为中华文化中的一个重要符号。

农耕文化有其不可比拟的优势，也有其不足与缺陷。在农耕经济形态下，统治者以农为本，重农轻商，人们依四时而作，"日出而作，日落而息""寒来暑往，秋收冬藏"，在农业生产空闲之时，劳动者"鼓腹而歌"，产生了说书、唱戏等早期娱乐形式。这种娱乐由于农业固本思想的影响，少有对自然、社会、人生的思考，兴趣点多在猎奇与非议，因此"枪打出头鸟""出头的椽子先烂""谁人背后不说人"等陋习与劣根性伴随着农耕文化的发展、形成了多种习俗与势力，也影响着文艺的取向。

随着经济的发展、社会的进步，农耕文化的影响力不断减弱，不断受到新兴的海洋文化的冲击。海洋文化由来已久，在19世纪以科学和民主为帆迅速崛起，成为世界新文化的引领者，在其经济的推动下，不断向外扩张，与农耕文化形成对峙。鸦片战争、甲午战争、抗日战争等不仅仅是经济战争，更是不断发展的海洋文化对于农耕文化的战争。这一系列战争引发了农耕文化的空前危机，知识分子阶层逐渐开始反思文化的弊病。文艺作品是知识分子阶层反思文化的主要途径，对农耕文化的反叛以文学、戏剧、曲艺等多种形式进入不同领域，影响不同的人群。

新时期传统文化的新自觉

随着改革开放的进行，我国经济、社会都进入了一个高速发展的新时期。社会经济学研究表明，当一个国家人均收入达到3000美元之后，社会开始急剧分化，贫富差距拉大，社会问题层出不穷。在这样的情况下，人们开始回头重新审视传统文化。我们在农耕文化下所建立起来的国学体系，开始重新进入人们的视野。农耕文化的通化力，其坚韧、虚空、忍耐、向上的品性，被更多的人重新认识与肯定。特别是党的十七大提出了和谐社会的命题，正是中华文化的精髓所在。2010年"中华文化人物"终身荣誉奖获得者星云大师在谈到和谐社会时，便用中国传统文化中的"有无之关系"来解释和谐，指出和谐贵在"和"，是包容，是虚空，有空方有容，点明了和谐的深厚文化基础。

同时，值得关注的还有传统的国学从文化领域逐渐渗入经济管理领域，越来越多的企业家从以往所注重的MBA等管理学的课程转而学习国学经典，开展国学典籍的诵读活动。对经济、社会动态十分敏感的企业家的转变，也代表了我们所需要关注的新动态、新趋势。很多企业家在谈到这个问题时表示，MBA课程关注的是"术"，而国学中所关注的是"道"，这个"道"才是企业运行、社会发展的根本性原理，是内在的规律性。

2003年，北京大学成立了《儒藏》编纂领导小组，该项目被列入教育部哲学社会科学研究重大攻关项目和国家社科基金重大项目。《儒藏》预计耗资1.52亿元，将收入近500部儒家典籍的《儒藏》精华编（约1.5亿字）和5000余部儒家典籍的《儒藏》（约10亿字）以及著录万余部儒家典籍的《儒藏总目》。与《佛藏》《道藏》相对应，这一工程将使我们拥有一部最齐备、完整的儒家思想文化著述的总汇。在研究儒家经典的同时，国学日益被人们所重视，其突破了旧有的启蒙教育的局限，已经被教育部列入一级学科，进入高等教育的殿堂，各高校纷纷成立国学研究院、国学发展中心等机构，加大了国学的研究和交流力度。而随着中国经济影响力的扩大，孔子学院开始在全世界遍地开花，从2004年开办第一家至今，孔子学院已经在世界五大洲的105个国家和地区开设了358所学院和500个课堂，注册学员数达50多万人，孔子作为连接世界的"大使"，有力地提升了中华文化的影响力。中国传统文化在全世界呈现出蓬勃复兴的态势。

这一系列现象说明我们已经开始重新审视传统文化的积极作用。在农业文明基础上所逐步建立起来的中华传统文化虽经历了挫折、颠覆，却始终没有远离我们的生活，正如十七届六中全会中提出的："文化是民族的血脉，是人民的精神家园。"正如血脉无法割断，文化也以它的方式传承着，不管你是否认识到它的存在。对于传统文化，我们要有自信力，对文化的自信来源于对国家和民族的信心。

当前文化发展的主要特征

在了解了传统文化的特征与发展趋势之后，下面就是我们目前所处时代的文化发展特征。

世界文学艺术经历了崇神时期、农神时期、文艺复兴时期、现代主义时期和后现代主义时期。各个时期都有其文化上的取向与特征，这是由经济、科技等物质基础所决定的，是客观形成的，不以我们的意志为转移。因此，如果要发展文化产业，必须首先了解我们所处时代的特征。

我们正处于从现代主义时期向后现代主义时期的交叉过渡时期。现代主义时期的文化形态是垂直根状的，传播方向是单一的，其科学体征是印刷术和纸张，传播符号是文字，话语权掌握在知识分子手中。随着科学技术的发展与普及，当一个时期不能包容另一个时期时，新的时代就要冲破母体的束缚，破茧而出。继现代主义时期之后进入了后现代主义时期，后现代主义时期文化形状是平面的，传播方向是对话交流的，科技体征是电子媒介，符号是图像，话语权掌握在受众手中。不同时代之间的转化不是一蹴而就的，有一个逐渐过渡的过程，目前的文化状态正处在一个由现代主义向后现代主义逐渐过渡的时期。这是我们发展文化产业所受到的时代局限，我们只能也必须在这样的大环境下发展我们的文化。然而，任何一个时代都会产生属于这个时代的伟大艺术，这些符合时代特征的伟大的艺术，正是我们文化产业化的基础。

我国文化产业的现状

文化产业的发展不仅是一个国家重要的经济形态，还是一国软实力的体现。通过文化产品的输出获得的不仅是商业利润，更能使一个国家、民族的生活方式和价值观念得以传递，从而扩大其在国际上的影响力。因此，许多国家在经济发展到一定水平后，都会考虑文化产业的发展问题。美国作为世界头号经济强国，也是文化产业的头号强国，其文化产业占其国民总收入的四分之一左右，是仅次于军工业的第二支柱产业。例如美国的电影工业，不管其艺术水准受到怎样的质疑，但凭借只占世界6%—7%的电影产量，占据了世界电影市场份额的90%以上。而通过电影的有效影响力，出现了像迪士尼这样大型的综合性文化企业集团，迪士尼公司一年的产值甚至高于我国某些行政省区。我们的近邻日本，早在2004年文化产业已约占其经济总量的7%。

党的十七大以来，我国文化产业进入快速发展的新时期。根据国家统计局发布的报告，2010年我国文化及相关产业法人单位增加值为11052亿元，占国内生产总值的比重达2.75%。2008年至2010年间，文化产业法人单位增加值年均增长24.2%，文化产业增加值占GDP比重稳步提高。2011年，我国文化产业总产值预计超过3.9万亿元，占GDP比重将首次超过3%，文化产业对国民经济增长的贡献不断上升。然而，也有报告显示，文化产业中数字出版、微电影、云电视等新业态不断发展，部分旧的业态开始走下坡路，最突出的是实体书店和传统纸质出版业的利润下滑，民营书店的接连倒闭反映出了这种趋势。另外，传统旅游也开始暴露出许多问题，入境旅游市场陷入低迷，上半年入境过夜旅游人数只增长1%。

这一系列的数据表明我国目前文化产业的发展展示了蓬勃的生机，同时也暴露了一些问题。主要问题：一是文化产业发展的立法环节跟不上，存在市场竞争无序化、知识产权尚得不到有效保护、产业发展的政策支撑力不足等状态。二是文化产业与资本结合不够，文化产业的资金支撑面有限，使得文化产业化的程度不够，活力不足。三是重视文化产业中科技含量，而对传统文化挖掘不够；对传统文化的开掘利用不够，因此文化的传输渠道不畅；传输渠道不畅，使得文化的接受度不高，商品化程度偏低。四是个别地方政府在对文化的管理上也存在诸多问题，在某些方面统得过死，而在某些问题上又放任自流，滋生和蔓延了文化产业化上一些乱象。

要解决这些问题，仍需要我们不断地追寻中国文化的本质与精髓，深刻理解我们的文化、我们文化所处的时代，以此为基础着手立法，促进文化健康协调发展。

我省发展文化产业的机遇与挑战

（一）我省发展文化产业的优势及动力

文化是一个广阔的概念，文化产业的发展是一个关系到山川河流、地理地貌、气候气温、风土人情，甚至风速、雨量、雪量、霜冻期等多方面因素的复杂问题。下面我从多方面来分析我省发展文化产业的优势及内在动力。

首先，我省有明显的区位优势及雄厚的经济基础。

我省位处京畿重地，内环京津，外沿渤海，具有天然的区位优势。内环京津使我们的文化产业发展有了一个较高的站位，外环渤海使我们有了一个开阔的视野，这是我省发展文化产业的重要地缘基础。

文化投入的起点比较高，最初的投入较大，是需要有一定的经济基础作为支撑的。在经济总量上我省生产总值位居全国第六，经济实力比较雄厚，这是我省发展文化产业的经济基础。

其次，我省历史悠久，文化资源丰富。

我省有着丰厚的文化资源，从地理上说，南部平原、西部山区、北部草原、东部海滨，具有复杂多样的地貌特征，这是大自然给予我们的丰厚的自然遗产，是我们发展文化产业的地质基础；从人文上说，泥河湾的人类远祖遗迹、始于春秋的长城遗址及长城文化、环绕北京的皇家文化遗存、邯郸成语典故文化、永年吹歌、近现代工业文明、太行山区红色文化……多样化、多层次的文化积淀是我们发展文化产业的不竭源泉，是大自然和老祖宗给我们留下的宝贵的财富。

最后，我省产业结构单一是文化产业发展的驱动力。

我省虽然在经济总量上位居全国第六，但是对我省生产总值贡献最大的都是一些能源型、资源型、污染型、劳动密集型的企业，这些企业的科技含量、文化含量和可持续发展能力都不足，使得我省经济发展的活力和动力不足。

在这一波产业结构调整中,文化产业已经成为各方面关注的焦点。我在南方做过一些文化产业的项目,如广州的长隆大马戏、深圳的华侨城等,其中广州长隆国际大马戏是我亲自负责创意、策划、指导的项目,这个项目以道家"天人合一"的思想理念为主导,以一台大型实景演出《森林密码》为核心,形成了一个大型的集餐饮、旅游、住宿为一体的产业园区,年游客流量达到100多万人次,2010年各项收入合计2.7亿元,已经形成了比较成熟的文化产业集团。作为文化产业领军的华侨城,2010年文化相关主营业务收入达到52亿元,接待游客量超过2000万人次。

可以说文化产业的贡献力基本在1∶10,也就是说投入1亿可以带动10亿的发展,带动包括旅游、餐饮、酒店及零售等多行业的发展,潜力是巨大的。在这种情况下,发展文化产业成为调整经济结构、增强经济活力的必然选择。

(二)我省文化产业存在的问题

作为一个有着深厚文化积淀的大省,我们的文化产业与南方发达地区相比还有很大的差距。这不仅有自然环境的制约问题,也有思想观念和经营方式的问题。下面我以一些成功及失败的案例来剖析我省发展文化产业所需要注意的问题。

河北地处中国北部,受气候影响,经营期比较短,尤其是北京以北承德、张家口、秦皇岛一带。秦皇岛市在几年前便针对北戴河暑期旅游旺季的文化内涵做起了文化产业,其中碧螺塔主题公园已经形成了一定的规模,在北戴河暑期文化市场上具有了一定的影响力。这个公司以碧螺塔传说为依据创排了一台实景演出《海上生明月》,这台演出在创排初期曾经找文化厅寻求帮助,我就以省歌舞剧院创作团队为班底,为他们制作了这台演出,并争取到了政府的贴息贷款,三四年间先后投入了三四百万。通过滚雪球式的不断积累、经营,现在碧螺塔主题公园及其演艺活动已经成为北戴河暑期文化活动的重要内容，2011年6月至8月每天的营业额可以达到几十万元，初现规模。但是，北戴河的经营期只有三个月，这种季节性在我省大部分地区都存在着。因此秦皇岛市提出了要将秦皇岛建成四季旅游城市的策略，这种立市思路对于文化产业的发展无疑是一个利好。

文化产业也是一种经营行为，也必须考虑成本控制等经营要素。如上述碧螺塔公园项目注意控制投入，有步骤有重点地进行投入，是一个比较可行的操作方法。因为作为北方城市，如果不认真思考冬季市场冷淡问题，盲目上马文化产业项目，盲目追求高投入，特别是以演艺为核心的文化项目，所面临的经营问题也是严峻的。承德这两年也依托其清朝夏都的文化优势，创排了以避暑山庄及皇家生活为背景的《鼎盛王朝》《康熙大典》两部实景演出，请了国内顶级的实景演艺制作团队，投入了几个亿的资金。但是，演艺项目的上马，必须以人脉为基础，也就是要考虑到全年的客流量及旅游的承载力。一旦进入冬季，随着客流量的减少，演艺项目将无法为继。因此，演艺项目过高的投入，并不符合我省文化产业发展的实际情况。

我省在发展文化产业时也会有一种偏差，就是将文化想得太深，又太过空洞。蔚县有一个文化遗产叫作打铁花，是将铁融化成铁水，打在墙上，非常壮观。为了将这个遗产发扬成一种旅游资源以吸引游客，张家口市找到省文化厅，希望能够给一些支持，创排一台以打树花为表现内容的情景演出，厅里将这项工作交给了我。蔚县创作的脚本以传统周易"五行"中的金木水火土为思想底蕴，结合蔚县地区的暖泉、打铁花等因素。我们组织人对这个本子进行讨论，通过讨论，大家认为这个脚本太空，阴阳五行固然是传统文化的精髓，但是离现实太远，不符合创作本意，难以引起游客观赏的兴趣。后来选择了一个很简单的故事，即以蔚县代国时期为背景，以爱情与战争为主线，故事刻画以爱情——战争——牺牲——和平为发展顺序，以小人物的悲欢离合，突显和谐、和平的大主题，提升了打铁花"熔天下之兵"的内涵，也增强了演出的可操作性，使游客便于接受。

由上面的实例我们可以看出，抛开政府指导及政策层面的问题不谈，就文化产业发展来说，我省存在着季节影响经营期短、盲目追求高投入以及过分挖掘内涵的问题。对于这些问题，仍需要我们从创作和经营理念上加以重视，尽量扬长避短，以达到产业发展的目的。

（三）对我省文化产业发展的建议

根据地理环境决定论，由于我省地理地貌复杂多样，因此文化必然具有多样性与层次差异性，风土人情也各不相同。所以针对这种地区差异比较大的情况，我省发展文化产业应采取以点带面的方针，有步骤、有重点地发展文化产业。各地挖掘地区资源，抓住重点，集中力量发展最具可操作性和特点的文化，以形成地区特色。在此基础上发展集群效应，形成合力带动整体文化产业的发展。

我省目前具有极强可操作性，而并未得到有效开发的文化产业点主要有：北部如坝上草原的文化旅游项目，张家口鸡鸣驿、暖泉古镇的开发，环北京皇家文化（包括保定、廊坊、承德等地）推介；中西部石家庄、保定、邯郸等地的红色文化，如西柏坡、狼牙山、涉县等老区的开发；南部地区应着力挖掘邯郸作为千年古城的悠久文化以及成语典故，加大衡水湖的开发力度。在开发过程中，要有统一的布局意识，在吸引人气的过程中要着力推介休闲度假旅游，打造旅游目的地，使游客能够留下来。这不是一个地区一个景点就可以达到的，在建设过程中政府要有全局意识，统筹兼顾，将相同相似的点打包开发，以形成特色，吸引更多的人气。

以上是我对文化及文化产业的一点浅层的思考。时间仓促，管中窥豹，不足以概全。不足之处，还请指正；存疑之处，欢迎讨论。

深入生活　扎根人民
——认真贯彻落实习近平总书记在文艺工作座谈会上的重要讲话精神

　　10月15日是个值得纪念的日子。上午9点，习近平总书记主持召开了文艺工作座谈会。这是我国文艺界盼望已久的大事、喜事，文艺创作新的春天到来了。我作为七十二名代表之一，有幸参加了这次座谈会，现场聆听了习近平总书记的讲话。他的讲话博古通今，高屋建瓴，直指问题的核心，是对新形势下文艺工作提出的新任务、新要求，对于我国当代文艺创作导向、工作方向和文艺事业的健康发展将产生深远的影响。

　　会后我又对习近平总书记的讲话进行了反复、全面、系统的学习，感受颇深。学习的关键在于落实。对于我们广大文艺工作者来说，认真贯彻落实习近平总书记重要讲话精神，就是要深入生活，扎根人民，把握住创作这个中心任务，创作出更多优秀作品奉献给人民，为推动社会主义文艺的繁荣发展贡献自己的力量。为此，我感觉要把握好以下几点。

把握好以人民为中心的创作导向

　　习近平总书记指出，社会主义文艺，从本质上讲，就是人民的文艺。文艺要反映好人民心声，就要坚持为人民服务、为社会主义服务这个根本方向。这就要求我们文艺工作者把为人民服务作为自己的天职，始终把满足人民精神文化需求作为自己创作的出发点和落脚点，把人民作为表现主角，把社会主义事业以及社会主义建设者的生活、所思所想作为主要表现内容，精心提炼和广泛运用人民群众喜欢的语言、风格和形式，从人民生活中凝练、打造出有筋骨、有道德、有温度的文艺精品来回馈人民。

把握好社会效益和经济效益的关系

改革开放以来，我国的文艺创作进入了一个大发展大繁荣的时期，为社会主义现代化建设和经济、社会发展作出了应有的贡献。然而繁荣的背后不乏隐忧，比如一些文艺从业者"一切向钱看"，以经济效益为创作出发点，深陷拜金主义泥潭不能自拔，浑身铜臭气。当"金钱"成为唯一标准时，经济效益被无限放大，艺术便渐行渐远。习近平总书记指出，文艺不能当市场的奴隶，不要沾满了铜臭气。优秀的文艺作品，最好是既能在思想上、艺术上取得成功，又能在市场上受到欢迎。

把握好文艺创作"为什么人"这一根本问题

习近平总书记在座谈中提出了"为什么人"的问题。文艺创作不能在"为什么人"的问题上产生偏差，否则文艺就没有生命力。在这几年的创作中，我也不可避免地受到了经济大潮的影响，常常以经济价值去衡量一部艺术作品，把一部作品能否上座儿、能否有经济效益放在首位，产生了千好万好，没有经济效益就是不好的思想。听完习近平总书记的讲话，我认识到了自己思想的偏差。文艺作品有很强的教化功能，有宣传、鼓舞、传承、认同文化的作用。文艺工作者如果"一切向钱看"，就会脱离人民群众。不能深入生活、深入基层、扎根人民，艺术作品自然就缺乏生命力，就会变得黯然无光。习近平总书记说过，文艺创作方法有一百条、一千条，但最根本、最关键、最牢靠的办法是扎根人民、扎根生活。

把握好文艺的永恒价值所在

习近平总书记强调，追求真善美是文艺的永恒价值。让人动心，让人们的灵魂经受洗礼，发现自然的美、生活的美、心灵的美才是文艺作品的最高境界。人民的艺术家就应该有担当，首先要净化自己的灵魂、思想，不出低俗作品，不创作垃圾作品。应高站位、高起点，为人民讴歌，为时代讴歌，为文化传承作贡献，为净化社会作贡献。要正确处理通俗和低俗的关系。俗本身没有错，错的是度的把握。当部分社会责任感缺失的文艺从业者把迎合当成创作的准则，主动放弃这个度，就必然会退变成低俗。

把握好"爱国主义"这一文艺创作的主旋律

文艺是铸造灵魂的工程。习近平总书记强调，我们当代文艺更要把爱国主义作为文艺创作的主旋律，引导人民树立和坚持正确的历史观、民族观、国家观、文化观，增强做中国人的骨气和底气。像盲目西化、恶搞历史、颠覆经典的不良倾向，会给中国人的爱国信仰、骨气和底气带来不利的影响。我们广大文艺工作者要坚决贯彻落实习近平总书记重要指示精神，以爱国主义作为文艺创作的主旋律，创作更多思想性、艺术性、观赏性俱佳，有中国风格的文艺作品，切实发挥引领风尚、教育人民、服务社会、推动发展的作用。

把握好继承和创新的关系

中华优秀传统文化是中华民族的精神命脉和文化根基，是涵养社会主义核心价值观的重要源泉。习近平总书记指出，要结合新的时代条件传承和弘扬中华优秀传统文化，传承和弘扬中华美学精神。而文化艺术的生命力在于创新。没有创新就没有发展，没有发展就要被边缘化，边缘化之后就是衰落和死亡，这是一种自然法则。习近平总书记强调，文艺工作者要志存高远，随着时代生活创新，以自己的艺术个性进行创新。推动文化艺术的繁荣发展，要求我们一定要处理好继承和创新的关系。继承不是全盘接收，而是根据时代特点和社会发展有选择地吸收传统文化的精华。艺术的创新和借鉴也并非另起炉灶，也非生搬硬套，从某种意义上讲，更体现为对艺术本体的回归，体现为对传统文化精髓的继承与延展。

近些年来，随着时代的发展，中国杂技主题晚会出现了很多，如《花木兰》《梦幻西游》《阿凡提》《丝绸之路》等，这也是对传统杂技艺术在继承基础上的一种创新。这些爱国主义题材和弘扬中华优秀传统文化的文艺作品，在国外演出都大受欢迎，对讲好中国故事、传播中华文化、树立中华民族的形象都具有一定的积极意义。

就河北来说，我省是文化大省，地处京畿腹地，历史悠久，源远流长。北起坝上草原，南至邺城漳河，东临渤海湾，西接太行山，由南向北纵观各个城市，文化遗存丰厚，各具特色。在此基础上，我省各艺术门类百花竞放，硕果累累，涌现了一批国内外知名的作家、艺术家和作品，为我省文艺事业的繁荣发展以及建设和谐社会作出了应有的贡献。

在今后的日常工作和艺术创作中，我们文艺工作者一定认真结合自身实际，继续深入学习领会习近平总书记重要讲话精神，切实把握好几个重要问题，深入生活，扎根人民，敢于担当，努力创作生产更多传播当代中国价值观念、体现中华文化精神、反映中国人审美追求，思想性、艺术性、观赏性有机统一的优秀作品，为了中华民族伟大复兴，为了实现中国梦作出新的成绩。

2014年12月

社会效益是衡量艺术品的首要指标

这次文艺工作座谈会上，习近平总书记与大家进行了一些看似很随意，但道理却很深刻的聊天，在听会之中还会时不时地插话，与大家聊天时还经常会笑起来，整个会议气氛让人感觉轻松活泼。会议后，习近平总书记又与参会的艺术家一一握手，让人感觉非常亲切和蔼。

习近平总书记作为党和国家领导人，他的工作是非常繁忙的，但为了这次座谈会却准备了很长时间。昨天听到他的讲话，语气沉稳，思路敏捷，而且很多讲话都具有很高的学术性。

当下的文化语境是现代与后现代交互并生的时期，文化多元化，娱乐方式多样化。改革开放三十多年来中国的经济迅猛发展，经济建设取得了举世瞩目的成就。然而，这些年来我们也遭遇了信仰危机，社会主义核心价值观亟待巩固。习近平总书记的讲话警示我们，作为中国人，如果不信仰自己的传统是非常可怕的。我认为，我们不能丢光了中国自己的文化符号。

习近平总书记在讲话中警示我们，文艺不能当市场的奴隶；一定要脚踩坚实的大地；低俗不是通俗，欲望不代表希望；把爱国主义作为文艺创作的主旋律；坚持洋为中用、开拓创新；倡导说真话、讲道理。这些年来，出于经济利益、人际关系等原因，有些艺术评论总是把自己认为好的艺术捧上天，把自己认为不好的艺术踹下地狱。作品就是不断在批评与修改中趋近完美的。朋友之间，如果说一点实话和批评的话，友谊就因此破裂了，这种朋友对于艺术创作来说是有害无益。我们不能把经济指标作为艺术品唯一的衡量标准。听完习近平总书记的讲话，我最突出的感觉是艺术要有多重的衡量标准，首先就是社会效益，还得站在相当的高度上看问题，一个艺术家应该有担当、有责任。

我们的文化艺术确实有多种属性，当然也有文化市场的特殊商品属性，可以追求经济效益，但更要注重社会效益，一个民族文化的传承离不开文艺，离不开艺术家。如果艺术家拿自己不当回事，那么这个国家的民族传统文化就会断片；文艺工作者不知道"我是谁，我从哪里来，我到哪里去"，会非常迷茫。

在当下迅猛发展的经济大潮当中，习近平总书记的讲话给大家指明了方向，包括以人民为中心的创作导向和坚持社会主义核心价值观，弥补了我们多年来的信仰危机。我认为，这也是这次讲话的重要意义。

2014年12月

正位凝命　敢于担当　为时代放歌

去年10月15日，我接到通知匆匆前往北京开会，却不知自己正与其他七十一名同志一起，像我们所尊崇的七十多年前的那场文艺座谈会一样，已被记入了共和国的史册。习近平总书记亲自主持召开了此次会议。在会上，习近平总书记提出"文艺是铸造灵魂的工程，文艺工作者是灵魂的工程师"，使得全体文艺工作者信心激荡，热血澎湃。座谈会已经过去一年，随着时间的沉淀，我作为此次会议的亲历者，在褪去了最初的激情后，对于此次座谈会的意义与价值有了更加明晰和理性的认识。

此次座谈会使得文艺工作者重拾文化使命感。"观乎人文，以化成天下"，文化是一个复杂的概念，涵盖了人类生活的方方面面，而文艺正是文化的顶峰，是人类智慧的结晶，以其引领社会风尚。近年来，随着我国经济的腾飞，社会主义文艺事业也取得了长足的进步和不小的成就。但文艺也不可避免地出现了丧失自我、沦为经济粉饰品的不良倾向，个别文艺工作者渐渐为经济大潮裹挟，迷失了艺术自我的价值与意义。习近平总书记在座谈会上一针见血，点破文艺工作者的使命和价值所在，是塑造人类的灵魂。这使得很多文艺工作者在自我迷惘中获得了指引，坚定了信心，重新获得了使命感，重新把握了自我。

此次座谈会使得文艺工作者重拾文化自信力。国家发展需要有道路自信，文化的传承同样需要文化的自信。文艺不是经济、社会或者政治的附属品，文艺有其独立性，作家、艺术家同样有其尊严。习近平总书记发表讲话一年来，中央与国务院先后出台了多项有关扶持文艺的政策和意见，如同阵阵春风，文艺界普遍感到信心倍增，坚定了走艺术道路的信念，把握艺术水准，不庸俗、不媚俗，尊重艺术规律，光大艺术本质，用自己的作品由衷地为这个时代抒写、放歌。

此次座谈会使得更多的文艺工作者在讲话的指引下重新把握了人民性。人民是历史的创造者，也是这个时代的缔造者。我们的文艺要想反映这个时代，必须扎根人民，从人民中汲取养分。我们当下的时代，处在现代与后现代交叉时期，在这个交叉时期，人人都是艺术家，人人又都不是艺术家，艺术生活化、生活艺术化，话语权不再掌握在少数社会精英手中，而是通过现代化的交流媒介，掌握在人民手中。因此，处在这样一个时代当中的文艺工作者，更应该俯下身子，了解人民的需求，以艺术的独特视角去撷取素材，创作人民的文艺。

此次座谈会使得文艺工作者重新认识和定位传统文化。我们的祖先创造了光辉灿烂的中华民族文化，立于世界民族文化之林。这种在历史中凝结的文化是一个民族的骨骼与血脉，构成了民族的精神、气质与创新力。我们的文艺工作者常常在传统文化中寻找素材与灵感，却忽视了优秀传统文化才应是从事艺术创作的起点；我们不能将传统文化作为临时抱佛脚的终南捷径，而应认真学习、认识传统文化，将创作的双足深扎进传统文化中去，以加强传统修养，不断提高自身创造力、创新力。

人类创造的一切文明成果称为文化。文化的顶级是艺术，艺术作品使人获得精神上的愉悦与满足，从而使人的精神与身体得到健康发展。因此我们的文艺是以人为目的的，我们所有的思考与认识，终究都要用以指导实践，也就是努力创作，为人民服务。康定斯基曾将精神的艺术比作一个运动着的巨大锐角三角形的尖端，处在这个尖端的艺术家好比游泳的人，"谁不勤奋地工作，不是始终如一地与沉沦争斗，就会不可避免地遭受灭顶之灾"。我们有的文艺工作者常常抱怨没有人将艺术放在顶端，却忽略了自身"始终如一地与沉沦争斗"，才是到达顶端的唯一途径。我们对于自身使命感、艺术本体、人民性与传统文化的再认识，都应该落在脚踏实地的工作中，要凝心聚力深入学习、研究和创作。所谓"桃李不言，下自成蹊"，只有努力地学习、研究和创作，多出精品力作，才是文艺工作者回馈党、国家和人民的唯一途径。

一年来，我身为中国杂技家协会的主席，多次带领广大杂技艺术家深入生活、扎根人民，积极开展杂技艺术创作、组织国际杂技赛事、开展国际文化交流。在由文化部与河北省人民政府共同主办的第十五届中国吴桥国际杂技艺术节中，为了充分体现人民性，确保杂技节的社会效益，同时推动河北杂技产业和文化旅游业的发展，我们突出"新杂技、新常态"的主题，特意将举办时间提前一个月，放在了国庆期间。为打造永不落幕的杂技节，使杂技节的社会效应最大化，我们突出"文化+"，创意性地举办了马戏嘉年华，将旅游、创意产品、餐饮、娱乐融为一体，在13天的时间里共接待了46万人次，极大地提升了吴桥杂技节的社会参与度，实现了社会效益与经济效益的双丰收。此外，我还与广大杂技艺术家一起积极开展多种形式的"送欢乐下基层"活动，深入到保定市易县狼牙山等多地，为基层群众带去了高水平的演出。

通过不断学习与研究，我在艺术领域积极探索创新，寻求舞台作品社会效益与经济效益的最佳结合。由我执导创作的大型魔幻戏曲《黄粱梦》，作为一部主旋律作品，积极探索戏曲艺术与当今时代特点相结合，将戏曲、歌舞、杂技、魔术等融为一体，以其亦庄亦谐的风格、精辟的人生解析，博得观众的喜爱，保利院线与该剧签订了为期三年的巡演合同。为将文化与旅游深度融合，我执导创作的长隆大马戏也取得了良好的社会效益和经济效益。同时，受广西邀请，我执导创作了反映广西少数民族风情的杂技剧《百鸟衣》，参与指导了上海国际魔术节、第二届中国国际马戏节（珠海）等，积极扩大中国杂技的国际影响力和话语权，使杂技这门拥有三千多年历史的艺术奇葩实现了新的价值和意义。

与此同时，我所在的河北省宣传文化系统多次邀我就学习文艺座谈会的精神举办讲座、指导剧目创作，先后创排了舞剧《天边的鼓声》、评剧《安娥》、歌舞剧《挂红灯》等。在京津冀协同发展过程中，通过签订《京津冀演艺领域深化合作协议》，文化成果惠及三地广大人民。如此众多的成果与艺术工作者高昂的热情，都是我当初参加会议时所没有想到的。

我从事艺术工作已经超过四十年，虽于历史长河不过一瞬，但于人生却难有第二个四十年。"一身报国有万死，双鬓向人无再青。"我们有幸跨入了这样一个尊重艺术、奋发有为的时代，仍愿意以时不我待的紧迫感，以与沉沦斗争的不懈精神，用我们的智慧和思想为社会留下奋进的跫音，为人民而创作，为时代而放歌，为实现中华民族伟大复兴的中国梦而奉献有生之年！

2015年10月

牢记使命　不忘初心
为实现中华民族伟大复兴中国梦而奋斗
——学习习近平总书记在第十次文代会、第九次作代会开幕式讲话

作为一名文艺工作者，我先后两次在现场聆听了习近平总书记对社会主义文艺事业具有里程碑意义的讲话，深感荣幸的同时又感到责任重大。

在我国改革进入关键时刻，习近平总书记在文艺工作座谈会上的重要讲话，对文艺工作在实现中华民族伟大复兴中国梦的事业中的价值与作用、任务和方向予以明确。这次在中国文学艺术界联合会第十次全国代表大会、中国作家协会第九次全国代表大会开幕式上的重要讲话，与两年前的讲话一脉相承，在政治上，从治国理政的高度对文艺工作提出了新的希望和要求；在学术上，是一篇非常优秀的尊重艺术发展规律的论文，必将指导文艺工作走向更加辉煌的明天。

认真学习习近平总书记的重要讲话精神，使我们更加坚定了文化自信。习近平总书记指出，文化是一个国家、一个民族的灵魂。我们的祖先创造了光辉灿烂的中华民族文化，这在历史中凝结的文化是一个民族的骨骼与血脉，构成了民族的精神、气质与创新力，支撑着中华民族绵延不息，始终鼎立于世界民族之林。

认真学习习近平总书记的重要讲话精神，使我们更加明确了服务人民的根本方向。习近平总书记指出，一切优秀文艺工作者的艺术生命都源于

人民，一切优秀文艺创作都为了人民。人民是历史的创造者，也是这个时代的缔造者。我们当下所处的时代，正是现代与后现代交叉时期，在这个时期，文化多元，娱乐方式多样式化，话语权不再掌握在少数社会精英手中，而是通过现代化的交流媒介掌握在人民手中。我们的文艺要想更好地服务人民，反映这个时代，反映人民的生活，为人民歌与呼，就必须扎根人民，深入生活，从人民中汲取养分，真正了解人民的需求，以艺术的独特视角去撷取素材，创作属于人民的文艺。

认真学习习近平总书记的重要讲话精神，进一步增强了我们创新创造的动力。习近平总书记指出，创新是文艺的生命。艺术的生命力在于创新，没有创新就没有发展，没有发展就要被边缘化，边缘化之后就是衰落，衰落之后必是消亡，这是一种自然法则。中国杂技艺术就是一个在创新中求发展的很好的例证。它在中国已经有三千多年的历史了。在这段漫长的时间里，有很多艺术门类经历了兴盛、衰落和消亡，而杂技艺术却越来越辉煌，在今天已经成为中国同世界进行文化交流的重要项目。究其原因，正是杂技所具有的开放、交流、学习、创新的特性所决定的。所以，我们在文艺创作过程中，要始终秉持创新精神，大胆探索，锐意进取，创作出更多代表国家水平、高质量、高品位的原创作品，来回报祖国和人民，推动我国文化的创新和发展。

认真学习习近平总书记的重要讲话精神，进一步明确了我们作为文艺工作者的责任和担当。作为文艺工作者，要敢于担当，有家国情怀。习近平总书记指出，文艺是铸造灵魂的工程。"观乎人文，以化成天下"，文化是一个复杂的概念，涵盖了人类生活的方方面面，而文艺正是文化的顶峰，是人类智慧的结晶，具有不可替代的、引领社会风尚的重要作用。近年来，随着我国经济的腾飞，社会主义文艺事业也取得了巨大进步和成就。但文艺界也不可避免地出现了一些丧失自我、沦为经济粉饰品的不良倾向，个别文艺工作者渐渐为经济大潮所裹挟，迷失了艺术自我的价值与意义。习近平总书记在讲话中明确指出了文艺工作者的文化责任和社会担当,为我们进一步指明了前进方向,对迷失者是警醒,对前行者是鞭策。这就要求我们牢记职责,坚定信心,执着追求,以深厚的修养、高尚的品格、优秀的作品践行先进文化,引领社会风尚。

文艺工作座谈会召开两年来,中国杂技艺术工作者在党的领导下,认真学习贯彻习近平总书记重要讲话精神,以高度的政治自觉,围绕核心,服务大局,在艺术创作上立足中华优秀传统文化,突出中国特色,讲好中国故事,把握人民群众需求,强化精品意识,潜心创作、锐意创新,大力推动中国杂技由单一的、竞技的、杂耍式的技巧模式向以杂技艺术为核、集其他姊妹艺术于一体的富有后现代意味层次的新型综合艺术模式转变,创作了一大批表现人民群众、反映时代风貌、弘扬中国精神的精品佳作,杂技艺术创作水平进一步提升。在对外文化交流方面,在重大国际赛场上摘金夺银,仅2015年就获得了12金7银3铜的优异成绩;配合国家重大外事、文化交流活动,中国杂技作为中华优秀文化的代表,多次在"中国文化年""中国文化周"等活动中精彩亮相,赢得各方高度赞誉,多角度、多方位地展示了中华文化的深邃内涵和无穷魅力,为中华优秀传统文化"走出去"作出了应有贡献。在文艺惠民方面,积极开展"送欢乐下基层"等文艺志愿服务活动,推动杂技艺术工作者走进基层、贴近群众、服务人民。中国杂协以艰苦地区、贫困地区、边疆地区、少数民族地区、革命老区为重点,组织开展了赴新疆维吾尔自治区克孜勒苏柯尔克孜自治州、西藏自治区拉萨市、山南市及易县狼牙山、张家口市涿鹿县等慰问演出活动,让人民群众共享杂技创作成果,受到广大群众的热烈欢迎和广泛赞誉。广大杂技工作者也通过活动提升了社会责任感和价值追求,加深了与人民群众的鱼水之情,体现了社会主义文艺的本质要求。在杂技人才队伍建设上,一批功底扎实、艺术精湛的拔尖人才得以涌现,新人新秀不断脱颖而出,崭露头角。杂技艺术展现出蓬勃发展的良好局面。

当前,我国文艺事业面临着前所未有的良好发展机遇,中国杂技工作者一定牢记使命,牢记职责,不忘初心,继续前进,在习近平总书记重要讲话精神的指引和鞭策下,以人民为中心,创作出更多无愧于时代、无愧于国家、无愧于民族的优秀作品,充分发挥振奋精神、服务人民、引领风尚、推动发展的作用,为实现中华民族伟大复兴中国梦作出应有的贡献。

2016年12月

发扬新型政党制度优势　凝聚伟大奋斗力量

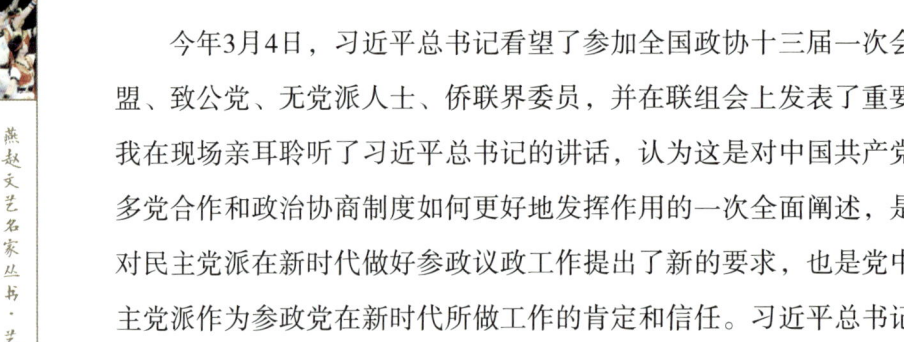

今年3月4日，习近平总书记看望了参加全国政协十三届一次会议的民盟、致公党、无党派人士、侨联界委员，并在联组会上发表了重要讲话。我在现场亲耳聆听了习近平总书记的讲话，认为这是对中国共产党领导的多党合作和政治协商制度如何更好地发挥作用的一次全面阐述，是党中央对民主党派在新时代做好参政议政工作提出了新的要求，也是党中央对民主党派作为参政党在新时代所做工作的肯定和信任。习近平总书记的讲话诚恳朴实、内容系统全面，让我们在座的每个人都如沐春风，深感亲切自然的同时又感到肩头的沉甸甸的责任。

这不是我第一次现场聆听习近平总书记重要讲话，此前我还作为文艺界的代表参加过2014年习近平总书记主持召开的文艺工作座谈会和第十次文代会。在这两次会议上，习近平总书记全面系统地阐述了党的文艺工作主张，使全国文艺界信心倍增，艺术创作繁花似锦。而这次在全国政协联组会上的讲话，习近平总书记又深入浅出地阐述了党在多党合作和政治协商制度方面对民主党派的殷切期望。无论是有关文艺工作的主张，还是对于政治协商、参政议政工作的要求，乃至党的十九大报告中为中华民族绘制的宏伟蓝图，我们都能从习近平总书记的讲话中深切感受到我们的党和国家在社会治理的方方面面都进行了细致全面的思考，国家的部署深入系统，党的领导坚强有力。民盟等民主党派在这样的执政党领导下，对未来感到信心满满。

中国共产党领导的多党合作和政治协商制度是中华民族的伟大创举，

是为民族解放和复兴事业共同努力的所有志士仁人的伟大创造，是最广大中国人民的历史选择和根本利益所在。这种新型的政党制度是经历了历史和现实的检验的，具有最广泛的群众基础和最深厚的历史渊源。河北也是这种新型政党制度重要的发源地。在七十年前的平山县西柏坡，中国共产党与各民主党派精诚协作、共商国是，发布了著名的"五一口号"，为今日之多党合作和政治协商制度谱写了最初的华章。七十年来，各民主党派始终不忘初心，坚持党的领导，努力发挥参政议政的重要作用，与全国人民携手并肩，砥砺奋进，在各行业、各领域都作出了突出成就，为民族的复兴伟业贡献着自己的力量。

特别是党的十八大以来，随着京津冀协同发展、雄安新区建设、2022年冬奥会举办等一系列重大战略和部署落地，河北这片为新政协的成立和民族统一战线作出过贡献的土地焕发出勃勃生机和活力。广大民盟河北省委会盟员在新时代、面对新形势更觉信心百倍，对习近平总书记在联组会上的讲话更有着深切的认同和热烈的反响。盟员们围绕习近平总书记提出的"新型政党制度"新论述展开讨论，深刻认识到以习近平新时代中国特色社会主义思想为统领，增强"四个意识"，坚定"四个自信"，毫不动摇地拥护中国共产党的领导，毫不动摇地坚持走中国特色社会主义政治发展道路的重要意义。民盟河北省委努力围绕中心服务大局，充分发挥政党协商制度职能，深刻践行"做中国共产党的好参谋、好帮手、好同事"的新要求，全面提高协商能力水平；结合纪念"五一口号"发布70周年活动，进一步弘扬民盟优良传统，重温多党合作的历史，切实加强自身建设；在中共河北省委的领导下，围绕中心任务，推动各项工作高质高效完成。

而我作为民盟省委主委，也是一名从事艺术创作四十余年的艺术工作者，更感光荣与希望同在，信心与责任并存，更愿以百倍的热情和信心投入艺术创作和参政议政工作中去。

伟大的时代呼唤伟大的作品，伟大的作品又必将带着浓厚的时代色彩呈现在人们面前。作为一名文艺工作者，弘扬优秀传统文化，立足这个伟大时代，创作反映这个时代的伟大作品，是应尽的职责，也是文艺工作者的使命所在。我们所处的这个时代是现代与后现代交叉时期，人人都是艺术家，人人又不是艺术家，艺术生活化，生活艺术化，话语权不再掌握在少数社会精英手中，而是通过现代化的交流媒介，掌握在人民手中。要创作属于这个时代、彰显这个时代的伟大作品，必须植根中华优秀传统文化，俯身广大人民创造新时代的伟大实践，向传统学习，向人民学习；牢记培育和弘扬社会主义核心价值观的根本任务，在文艺创作中高扬爱国主义主旋律，创作符合时代要求、具有鲜明中国风格的优秀作品，去歌颂人民、歌唱祖国、礼赞英雄，以优秀的文艺作品振奋民族精神，为实现中华民族伟大复兴提供有力的精神支撑。"烈士之爱国也如家"，文化责任就是国家责任，勇于承担文化责任就是家国情怀的表现。文艺工作者的创作与国家、民族和人民的命运息息相关，只有安下心来，真正了解人民的需求，以艺术的独特视角去撷取素材，才能创作出真正为人民所喜爱的文艺作品。近年来，我发挥个人专长，投身艺术创作，深入基层，为吴桥杂技大世界创排了杂技演出《江湖》；配合河北省委工作，为第二届河北省旅游发展大会开幕式创排了大型演出《浪淘沙》；为挖掘红色基因，弘扬革命文化，作为艺术顾问为北京京剧院指导创排了京剧《狼牙山》。我也力图通过这些作品，向历史致敬，向时代致敬，向人民致敬，尽我一个文艺工作者的责任。

同时，作为民盟的一员，习近平总书记在政协联组会上的讲话使我在深受鼓舞的同时深受鞭策，坚定了我做好新时代民盟参政议政工作的信念和信心。参政议政大有可为，必须作为。为高效、全面履行职责，找准切入点、结合点、着力点，我多次深入基层一线调查研究，围绕精准扶贫、雾霾治理、文化产业发展等党和国家重点工作发现、研究和解决问题，为党和政府建良言，谋实策。

"一身报国有万死，双鬓向人无再青。"我愿以余生的萤火之光，投入新时代中国特色社会主义事业中去，为中华民族伟大复兴贡献毕生之力！

2018年3月

艺苑杂谈

中国杂技艺术发展与国际交流关系探析

任何一个伟大的时代，必然产生一个时代的伟大艺术。然而这个时代的伟大艺术，必然带着浓烈的时代气息和烙印而呈现在社会大舞台上。对于每个国家和地区来说，其各艺术门类都有其独特的民族和地域特色。在中国，包括杂技艺术在内的京剧、昆曲、评剧等戏曲艺术、民族音乐艺术和舞蹈艺术、曲艺等舞台艺术，也堪称中国的"演剧"艺术；在欧洲，有歌剧、话剧、交响乐、芭蕾舞等"演剧"艺术……这些在当地土生土长的"演剧"艺术门类，带着浓郁的民族、地域特色和时代气息，并且随着国际交流的不断加深，各国艺术门类互相交流、互相学习、互相影响，都不同程度受到了其他国家新艺术理念、手法、形式或时代特征的影响，产生了不同程度的变化和发展，保留下来的，大都是像杂技艺术这样能够与时俱进、开放包容、兼收并蓄、敢于创新的艺术门类。

在当今这个快速发展的信息社会，国际一体化格局逐步建立，文化多元化、娱乐方式多样化的特点逐步呈现，特别是艺术市场的话语权掌握在受众手里，当今任何一个单独的艺术门类已经不能满足市场的需求和广大受众的审美需要——观众希望以最短的时间看到更多的艺术表现形式。而中国杂技艺术，就是一个很好的例证。经过多年与世界各国的艺术交流和学习，中国杂技艺术已经形成了以杂技艺术为核，兼容其他姊妹艺术的精华和特点的综合舞台艺术形式，并呈现出欣欣向荣的发展态势。下面，我就从当今艺术及艺术家所处的时代入手，就中国杂技艺术发展和国际交流关系做一简要探析。

当今杂技等艺术门类及艺术家所处的时代

世界上任何问题、事物以及每个人身上都会或深或浅地打着所处时代的烙印，问题的解决也要结合时代特点。同样，包括杂技艺术在内的各艺术门类及艺术家所处的时代也是我们思考和检验艺术问题的出发点。

世界文学艺术经历了崇神时期、农神时期、文艺复兴、现代主义与后现代主义时期。人类从一开始就是崇神的，他们认为自己的一切都是神赐予的。农业文明之后出现了农神时期，再后来是文艺复兴也就是工业革命时期。工业革命使人们的思维方式、生活方式发生了巨大变化，此后就到了现代、后现代主义时期。现代主义经历了一个长期的发展历程，那时各个艺术门类都出现了很多伟大的艺术家。到了20世纪中后期，现代主义的一些价值观、思维方式又发生了一次大的变革。

当一个时期不能包容它的前一个时期，当它对传统既要继承又要反叛的时候，就要产生一个新的历史时期。当下，我们就处在一个新的历史时期。如果说现代主义时期，文化艺术形态是垂直根状的，传播方向是单一的，科技体征是印刷术、纸张，符号是文字，话语权掌握在知识分子手里，那么后现代历史时期，文化艺术形态不再是垂直根状的而是平面的，传播方向不再是单一的而是对话交流的，科技体征不仅是印刷术更是电子媒体，符号不仅是文字更是图像，话语权不仅掌握在知识分子手里而更是在受众手里，那么，这便是一个大的置换。它使人们从一元论或二元对立模式中解放出来，确立了多元世界的重要性、边缘立场的可理解性、个体选择的合法性。随着后现代主义精神的不断扩大，文化艺术领域形成了多元文化相互融合，各艺术门类相互集结、互相促生的特点。这就是所谓的后现代主义时期。

一个时代艺术的产生是受其科技环境、人文环境、自然环境、历史环境影响的。当今时代经济繁荣、科技发展、信息高速，人们的思维方式、生活方式和情感方式都发生了深刻的变化。人们不再满足于过去那种单一的、平面化的艺术形式和机械的二元对立的价值取向，而是需要能够契合当代人的情感经验和审美方式的艺术作品。尤其是20世纪80年代中后期以来，中国和其他国家的国际艺术交流渠道更加畅通、更加频繁，西方现代和后现代主义哲学观念和艺术作品被大量译介进来，这对处在喧哗与躁动中的中国艺术界产生了巨大影响。因此，我们应该意识到，包括杂技艺术在内的各艺术门类及艺术家们正处在一个现代与后现代的交叉时期。

时代特点决定了杂技等艺术门类进行国际交流的必然性

在这样一个混合了19世纪的浪漫主义激情和后现代主义的非理性精神以及某些荒诞感的时代，任何一个国家的艺术、一个单独的艺术门类已经远远不能满足广大受众的审美需求，艺术形态和审美价值的多元性、非中心性，艺术门类之间的交叉互渗，不同文化之间的相互融合，使世界文化艺术呈现出一体化的趋势，并已经构成并将继续构成中国艺术乃至世界艺术的主要特征。正如楚辞之后是汉赋、汉赋之后出现唐诗、唐诗之后出现宋词、宋词之后出现元曲、元曲之后是明清小说一样，在我们这样一个伟大的时代，必然要产生属于这个时代的伟大艺术，而这一伟大的艺术也必然要带着浓厚的时代气息和独特的精神烙印呈现于这个时代的舞台上。

在现代主义与后现代主义交叉的当今时代，杂技艺术等中国舞台艺术的形式问题已经被推到一个显著的位置，这是由时代审美心理趋向的丰富性、敏感性、深层性所决定的。造成当下这种特征的原因，很大程度上与世界文化的一体化趋势有关。随着跨国资本与高新技术的强劲输入、通信与互联网的快速发展，丰富多彩的世界艺术形式涌入中国，这一切引起了人们审美情绪的强烈激荡，随之对司空见惯的传统形式产生了审美疲劳。因此，在这样一个特殊时代，真正的艺术家应该竭尽全力在精神上挖掘人类多层的审美意蕴，在形式和结构上拓展全新的艺术空间，最大限度地满足观众不断变换的、多方位的审美需求。这就要求我们的杂技等艺术门类和艺术家们必须不断加强与国际艺术界的交流和互相学习，不断在艺术形式、内容和手段上进行创新，创作出符合这个时代特点和受众审美情趣的艺术作品。

符合这个时代特点的杂技等艺术作品的产生途径

那么，这个时代的艺术如何产生？如何继承传统？如何超越自己？经过长期的知识积淀和艺术实践，经过对多种艺术门类审美特征的深入思考和潜心钻研，我逐渐领悟到了一条有效的创作途径：离经叛道开新径，违师背典出奇章。无论是编排一个杂技节目、构思一个脚本或创作一台晚会，首先要思考的是，它应该以怎样独特的艺术形式来表现契合当代观众审美情趣的独特的思想内容。每个时代的艺术理论都是在辩证否定中发展和完善的，没有理论的规范，艺术发展是缓慢的；有了理论，我们能否突破其框架，这是衡量一个艺术从业者是否合格的重要标志。时代造就了艺术，也造就了艺术家。艺术的生命力在于创新。没有创新就没有发展，没有发展就要被边缘化，边缘化之后就是衰落，衰落之后就是死亡，这是一种自然法则。

中国杂技艺术就是一个在创新中求发展的很好的例证。它在中国已经有三千多年的历史了。在这段时间里，有很多艺术门类经历了兴盛、衰落和死亡，而杂技艺术却发展得越来越辉煌，在今天已经成为中国同世界进行文化交流的重要项目。究其原因，正是杂技所具有的开放、交流、学习、创新的特性所决定的。"杂技是一个筐，什么都能往里面装"，这句话虽然俗了些，但是很形象地说明了杂技艺术善于吸收姊妹艺术的精华"为我所用"、不断创新的过人之处。

艺术的创新和借鉴并非另起炉灶，也非生搬硬套。从某种意义上讲，更体现为对艺术本体的回归，体现为对传统文化精髓的继承与延展。抓住本体就是最大的继承，比如我们搞杂技创作，就要抓住杂技的本体语言，以其为核去扩延它、拓展它、提升它，这才是继承和发展。20世纪80年代初期中国艺术界出现了一些所谓的艺术创新的尝试，但这些尝试仅仅是对西方某些艺术理念的简单解读，对其某些舞台手段的生硬照搬，并因其对中国传统文化和美学精神粗暴的割裂，而疏离了中国观众几千年来积淀的审美心理和接受习惯，所以尽管声势浩大却收效甚微。

包括杂技艺术在内的各艺术门类的创新，都应该有一个从有法到无法的过程。"无规矩不成方圆"，有了规矩设法突破它、超越它、提升它才是一个具有历史责任感的艺术家应有的立场。在艺术实践中，中国杂技界就是始终坚持以一种"视界融合"的艺术姿态和兼收并蓄的创作理念，坚持国际和国内同行间的艺术交流，将国际、国内所有的艺术理论和舞台手段与自己所要表现的艺术主题和审美理想结合起来，与当今中国受众的审美情趣结合起来，与中国传统文化的美学精神结合起来，使之构成一种新的时代话语、艺术语境，收到了良好的效果。

世界文化的交流融合以及古今中外艺术的传承，极大地促进了中国杂技艺术的交流与发展

现代和后现代交叉时期的时代特点决定了国际艺术交流的必要性。中国杂技艺术在充分的国际艺术交流和融合中取得了长足的进步和发展。它勇敢地走出中国，在世界各地绽放，以其自由开放的艺术精神极大地促进了世界文化的广泛交流和融合，也让世界通过它进而了解到中国艺术和民族精神。

在中国，旧杂技是一种杂耍，是一种竞技、单一的表演模式。新的杂技艺术则是以杂技艺术为核、集其他姊妹艺术为一体的、富有后现代意味层次的新的艺术模式，使观众感受到好看、好听、好玩的艺术效果。目前，中国杂技艺术已从单个杂技节目的编排发展到杂技剧的创作，在中国

已创作形成了多部独具特色、精雕细琢、色彩纷呈的大制作杂技剧,使中国杂技艺术进入了一个新的发展境界。

现代杂技的繁盛使杂技一直是中国对外文化交流的主打项目。中国通过商演渠道输出的表演艺术几乎全为杂技所包揽,杂技被公认为中国表演艺术在国际演出市场中获奖最多、创汇最多的一个。在同国际长期合作伙伴——美国玲玲马戏团、加拿大太阳马戏团、德国妈妈演出公司等世界知名公司的合作过程中,中国杂技团体及创作人员学到了其他国家的杂技艺术精粹,甚至包括杂技创意、融资、营销、物流、公关、高科技、市场分析、战略规划、数学模型和人力资源管理等所有现代杂技经营管理理念、经营手段和知识。学习借鉴这些世界文化优秀成果和国际经验,使中国杂技的建设与发展取得了显著成效。

全力打造中国吴桥国际杂技艺术节品牌,以品牌带动国际杂技艺术交流

在中国杂技艺术取得不断进步的同时,为了进一步宣传和展示这门古老的艺术,加强同国际杂技界的切磋和交流,进一步向国际杂技同行进行学习,我们全力打造了中国吴桥国际杂技艺术节。该杂技节由中华人民共和国文化部和河北省人民政府(吴桥杂技的所在省份)共同主办,创办于1987年,每两年一届,是中国举办时间最长、规模最大、规格最高、影响最广的标志性文化节庆活动之一。至今,已有40多个国家和地区的400多个节目参加了比赛演出。在中国5600多个节庆中,中国吴桥国际杂技艺术节是由文化部参与主办的四大国家级国际性文化节庆之一(中国上海国际艺术节、北京国际音乐节、"相约北京"国际艺术节、中国吴桥国际杂技艺术节);在世界近20个杂技节中,中国吴桥国际杂技艺术节是世界最著名的三大杂技赛场之一(摩纳哥蒙特卡洛国际马戏节、法国巴黎"明日"国际杂技节、中国吴桥国际杂技艺术节);2005年,被国际节庆协会评为

"中国最具国际影响力十大节庆活动";2008年,在中华民族文化促进会主办的首届"节庆中华奖"评选中,荣获"最佳国际交流奖";2009年,被北京大学、新浪网、凤凰卫视等评为"纪念改革开放30年中国创意城市文化名片"。

  办节期间,我们均邀请国际马戏界知名人士、世界著名赛场负责人、各国杂技研究机构负责人及有关学者、专家到会观摩、交流,举办国际马戏论坛和国际杂技商演项目洽谈会和道具展示活动,以加强国际杂技艺术交流,搭建对外商演推介平台,吸引中外演出经纪机构、经纪人、演出团体参会,推动国内外优秀杂技节目"走出去",扩大河北杂技艺术在国际市场上的份额,促进国际杂技商业演出洽谈中心的建立与发展,极大地促进了河北乃至中国杂技艺术的繁荣与发展。

  总之,在当今这个现代和后现代主义交叉时期,当代杂技艺术及其他演剧艺术的发展和繁荣离不开国际交流。在以后的艺术创作和国际交流中,只有继续坚持"视界融合"的艺术姿态和与时俱进、开放包容、兼收并蓄、敢于创新的创作理念,与国内、国际同行或不同的艺术门类相互学习、相互借鉴、相互促进,精心打造艺术品牌,不断增强其吸引力,才能推动杂技艺术及其他演剧艺术的进一步繁荣与发展。

2019年8月

走好杂技的转型之路

边发吉　俞亦刚

当今社会，世界杂技艺术呈现出多样化发展格局，崇尚原生态风格、讲求表演自然的"新马戏"以及融合高新科技与杂技创作新理念的表演"秀"，在全球演艺市场逐渐成为主流。毋庸讳言，这对以高难度技巧闻名于世的中国传统杂技构成了较大冲击。

创作理念需升级换代　艺术呈现要综合多元

中国杂技人从未停下求索的脚步。从过去单一炫技的表演模式，逐渐演变为以杂技艺术为核、集其他姊妹艺术为一体的新型综合艺术模式，中国杂技在创新上获得了长足的进步。舞台上相继出现《东方芭蕾》《俏花旦》等技艺俱佳的经典节目，同时不乏混搭、跨界、复合等形式多元的精品力作。荣获中宣部"五个一工程"奖、入选国家舞台艺术精品工程剧目的杂技剧《天鹅湖》，巧妙地融东方传统杂技和西方经典芭蕾于一体。荣获第一届全国优秀保留剧目大奖的《时空之旅》和长演不衰、深受游客喜爱的《森林密码》等，成功地将杂技马戏艺术与当地文化特色结合，成为优秀的文旅融合产品。还有去年新创的热门红色题材杂技剧《战上海》，作为中国上海国际艺术节的开幕演出亮相，显著提高了杂技的艺术地位与关注度。

纵观这些成功之作，无一不是创新了杂技表现形态，赋予作品丰富的文化内涵，让杂技艺术的整体呈现更加综合多元，更符合当代人的文化需求与审美取向，这无疑需要创作理念的升级换代。新的时代背景下的杂技艺术，应该有意识地在创作题材、编创手法等方面进行革新，尤其是要创造性传承中国杂技的传统优势，将杂技的难与美、技与艺有机融合，从中提炼出自己的独特风格。

改革人才培养机制　让艺术与科技无缝对接

应当看到，中国杂技的整体提升，还需要做不少功课。其中首要的就是人才培养。

多元化的杂技艺术创作，对演员的综合舞台素养提出了更高要求，成熟的演艺市场也迫切需要建设稳定的职业演员队伍。演员职业化是一个系统工程，涉及人才培养体制、机制的改革。杂技界已经对此高度关注，在第三、第四届上海国际杂技教育论坛上，"职业化语境下杂技人才的培养"和"杂技职业演员应具备的综合素养"等都成为热点议题，不少国有院团和民营院团也展开了积极探索。此外，没有高等院校、科研院所的智力支撑，也是长期以来制约我国杂技马戏艺术发展的因素之一。

演出市场的培育同样关键。多年的实践证明，杂技市场的发展，离不开配套的城市文化环境，离不开经济水平提升、旅游业发展等各方面前提条件。如今，在上海、广州番禺等地已有较好的市场基础，但全国杂技演艺市场要形成规模化发展乃至完全成熟，仍需时间。

与其他艺术门类不同，杂技艺术的表演创新，高度倚重舞美道具的研发与制造。近年来，一些国际知名演艺团体将高科技手段引入舞台，使艺术创意借助科技力量得到更好呈现，大大推动了杂技的发展，甚至可以说将杂技艺术本体提升到一个新高度。如太阳马戏团的《O》秀，用科技营造出数十吨水搬上舞台又瞬间消失的奇观，《KA》秀则改变了"舞台是平面"的定律，拓展了艺术表现空间。

相比之下，中国杂技在科技助力技艺、想象与真实无缝对接等方面，尚有不小的差距，许多设备、装置、道具等仍停留在相对传统的阶段。究其原因，主要是舞台创意与高科技研发、高端制造业的连接环节还没有被打通，研发者不了解舞台演艺发展的需求，杂技从业者对高科技能够达到的效果及可行性也知之甚少，从创意到研究再到制造，三者之间缺乏衔接。从国际演艺发展大趋势来看，中国杂技演艺产业的发展，有赖于国内舞台技术整体出现根本性变化。倘若有关高校、科研院所或企业能够建立舞台演艺设备设施方面的研发机构，与委托单位按市场规律互相合作，产品受知识产权保护，假以时日，一定会推动中国杂技舞台技术的飞跃。

推动"全国一盘棋" 打造杂技行业产业链

时代的进步，不断推动着传统产业转型。杂技艺术兼具文化事业和产业的双重属性，其行业结构和发展模式由传统向新型的转变之路，也必将很快来临。

按照目前全国杂技团体的组织结构，院团既是艺术生产主体，也是市场经营主体，小而全，却造成了自我闭环，各院团演出的节目大同小异。这种同质化的发展模式，已难以适应演艺市场的需求，行业改革势在必行。

理想的发展方向是"全国一盘棋"，建立起中国杂技演艺产业链。各院团和各机构在产业链中找准自身定位，在创意、制作、人才培养、节目编排、舞台研发、资本运作、市场培育等方面，发挥自身优势，加强合作，取长补短。比如，有些地区杂技从业人员多，群众基础好，可专注于基础技艺的培养和传统技艺的传承，发挥人才资源优势；有些地区某个特色项目具有很高水准，就进行深耕细作，做好技艺的传承、提升和创新；有些地区文旅融合发展比较成熟，资本筹措、市场营销、文化消费和科技创新等方面具有先导优势，可专注于舞美道具研发与演出平台搭建。通过这种区块化分割和产业细化，打破原有机制的束缚，合力推动中国杂技艺术向更高层次进发。

中国杂技有着高超精湛的艺术技巧，有着深厚独特的文化底蕴，有着杰出鲜明的民族特质。中国杂技人一直在努力探索杂技艺术的创造性转化和创新性发展。期待经过若干年的推动与发展，能够在全国不同地区形成若干杂技演艺高地，实现中国杂技的"华丽转身"。

刊发于2020年4月16日《人民日报》

杂技艺术：博采众长，续写辉煌

边发吉　柴莹

艺术的生命力在于创新。改革开放以来，特别是党的十八大以来，杂技这一有着三千多年历史的古老艺术，在继承丰厚传统的基础上创造创新，佳作迭出，呈现出新的时代气息和艺术风采，积累了可贵的艺术经验。

抓住根本，立足本体启新章

杂技艺术的本体，包括技巧、道具、造型三大要素。现代杂技走向舞台，从传统的以炫技为中心发展成为以技巧为核、集其他姊妹艺术为一体、意味丰富的新型综合艺术模式，离不开杂技三大要素的创新和创造。

技巧是杂技的核。20世纪50年代起，传统杂技改变粗糙简单的表演形式，逐渐高雅化、艺术化。20世纪八九十年代以来，杂技尊重艺术发展规律，在"技"上勇于创新，力求新颖独特。如杂技《十三人顶碗》"文活武演"，把传统杂技中的静态顶功技巧，转化为动态平衡技巧的展示：演员在头上或脚上有碗的情况下，完成"尖子"演员的出手动作，技巧难度大大增加。每当一个个碗最终在流畅的抛接翻转中稳稳当当地落在演员脚上时，观众无不为之叫绝。这样的创新，通过增加原有动作的难度系数提升表演节奏性、冲击力和观赏性，使顶碗节目达到新的艺术高度。魔术《牌技》借鉴舶来的球技，将传统的单手弹牌回手发展为双手弹牌回手，手法干净利落，技巧语言丰富，同时融入踢踏舞等元素，舞台表现富有时尚感。

除了技巧创新，杂技道具也随着时代发展有了质的飞跃。道具在其他艺术门类中往往只是舞美的一部分，杂技道具则与技巧表现直接相关，道具研发制造直接关乎杂技的创新高度。比如，中国传统的爬杆杂技以静态固定杆上的技巧表现为主，在时代审美和创新精神推动下，今天的"爬杆"节目融入了以翻腾为主的跑酷技术以及力量、柔韧等多种技术动作，让"杆"类节目实现技术动作上的创新。杂技《九级浪·杆技》将传统的单杆、双杆、三杆道具设计成三围交会的几何图形，利用三角形的稳定性实现道具的摇摆起伏与旋转，道具的创新推动杂技技巧臻于艺境。杂技《摇摆高拐》通过创造性地使用新道具，创新"摆顶"技巧，帅气潇洒，样式新颖，"显难不为难"，给观众带来视觉冲击。

需要注意的是，杂技的核是"技"，抓住"技"的创新才是根本的创新，才能真正推动杂技艺术创新发展。近年来，借助现代声光电技术，杂技开始追求气势磅礴、精彩纷呈的舞美效果。一些杂技从业人员过度注重这些外部因素，忽略了杂技本体技巧的创新发展，这一点应当及时纠偏。

从技巧的提升到道具的创造创新，以惊奇险难为特征的杂技造型更加艺术化，舞台呈现也更具审美性。正是因为一代代杂技表演艺术家不懈追求探索，在技巧难度、道具研发以及造型艺术化方面勇攀高峰，中国杂技之花才得以在艺术百花园中长开不败。

守正出新，荟萃传统开新境

不忘本来才能开辟未来，善于继承才能更好创新。近年来，杂技在展示高超技巧的同时，积极融入中华优秀传统文化，将本体技巧与诗词曲赋、舞蹈、戏曲、音乐、书画、武术等传统艺术相融合，"以古人之规矩，开自己之生面"。杂技《舞空竹》，在空竹表演中加入传统乐器琵琶的演奏，空灵悠扬的琵琶音乐、演员矫健灵动的空竹技巧展示，让含蓄柔美、挺拔刚健的中华美学意境具象化，带给人们赏心悦目的艺术享受。《俏花旦·集体空竹》则把空竹技巧的呈现与戏曲程式化表演形式巧妙结合。抖空竹是出手活，接抛空竹都在头上，因而空竹演员头上通常不戴任何头饰，避免"抛托"。但这个节目反其道而行之，空竹演员头顶插上了翎子，通过高难度技巧让空竹在翎子间上下翻飞，富有戏曲程式美感的空竹表演，配以激昂高亢的京腔京韵，成就了一部具有中国气派的精品。魔术《移形幻影——三变》将川剧变脸技巧融入更衣、变伞技巧当中，瞬间完成同步变换，将传统戏曲技法与现代魔术手法相结合。可以说，在杂技技巧中融入传统艺术元素，既是杂技在竭力追求高难度技巧后，对呈现形式艺术化的自觉回归，也是中华优秀传统文化各艺术形式之间天然的亲切感与认同感使然。

在继承和弘扬中华优秀传统文化基础上，中国杂技艺术家也将目光投向世界。杂技《芭蕾对手顶·东方天鹅》中，西方芭蕾舞的浪漫和东方杂技的惊险珠联璧合，芭蕾舞表演从地面延伸至空中，幻化为高难度的"肩上芭蕾"，带来令人震撼的视觉冲击，让我们看到东西方艺术融合出新的巨大潜力。在此技巧基础上编排的杂技剧《天鹅湖》，在俄罗斯、乌克兰、德国等七十多个国家和地区巡回演出，广受好评，让世界观众领略到中国杂技的魅力。

无论是在继承中创新，还是在借鉴中发展，都是以杂技本体技巧为中心，充分运用和借鉴姊妹艺术形式进行的创造创新。实践证明，遵循杂技艺术的发展规律，既继承传统又不拘泥于传统，既借鉴外来文化又力求本土化，可以有力推动杂技艺术创新。

技融于意，杂技成剧创新篇

文艺创作是观念和手段相结合、内容和形式相融合的深度创新，是各种艺术要素和技术要素的集成，是胸怀和创意的对接。近年来，杂技节目以及杂技剧的发展趋势主要是在"技"与"情节"中寻找融合点，借鉴舞蹈、戏曲等姊妹艺术的表现形式和手法，通过音乐、舞美等多种舞台元素配合，实现艺术的综合创新。

当前，就题材而言，杂技剧主要有两大类型。一是地域文化题材。如杂技剧《江湖》《百鸟衣》《梦回中山国》《岩石上的太阳》《小桥流水人家》等，以地域文化为切入点，对杂技技巧进行包装，呈现出对地域历史文化的思考。这类杂技作品多以当地民间传说和历史故事为创作素材，具有浓郁的浪漫主义风格和鲜明的地域风情，高超的杂技技巧进一步为故事营造出惊险、浪漫的传奇色彩。

另一类型是革命历史和战争题材。这类杂技剧已成为热门。这类题材创作巧妙融合杂技技巧，善于营造紧张激烈的战斗氛围，也取得不俗反响。最典型的是《战上海》《渡江侦察记》。一般认为杂技拙于叙事，《战上海》却迎难而上，将叙述重点放在展示人物行动上，既通过人物行动展示杂技技巧，又确保全剧的叙事线索眉目清晰。《战上海》中，技艺不仅展示出高难度的精湛，而且致力于表现故事情节与人物情感。杂技本身所蕴含的顽强拼搏、自强不息的艺术精神，也与全剧所要传递的锲而不舍、勇往直前的革命精神融为一体，富有强烈的艺术感染力。这部作品，让更多人看到杂技技巧表意的潜质，显示出杂技剧创作的广阔空间。

创新从来都不是凭空臆想、闭门造车，而是基于继承本来与借鉴外来的创造性转化、创新性发展，是在厚积薄发基础上另辟蹊径的创新再造。期待杂技这一中国古老的艺术瑰宝，在一代代杂技人的不懈努力下不断创造新的辉煌！

刊发于2020年10月5日《人民日报》

杂技艺术的力与美

——在"圆梦工程·名家名师话美育"网络公共课上的演讲

人类创造的一切文明成果就是文化，文化之上是艺术，艺术的终极是美。人们得到了审美，就得到了愉悦；得到了愉悦，就得到了健康；得到了健康，就得到了长寿；得到了长寿，就得到了最大的幸福。美育就是通过培养人们认识美、体验美、感受美、欣赏美和创造美的能力，从而使人们具有美的理想、美的情操、美的品格和美的素养。

美育概念的出现是在18世纪50年代鲍姆嘉通建立美学学科体系之后，由席勒提出来的。但是美育实践和美育意识古已有之。在中国，刚刚进入古代文明的西周奴隶制社会，便有周公制礼作乐。礼乐结合，既是治理国家的法律制度，又是进行教育的方式。到春秋末期的孔子，以"六艺"，即"礼、乐、书、数、射、御"教授子弟。"乐"实际上就是专门的美育课。孔子结合音乐、诗歌、舞蹈等艺术门类，发挥了他的美育思想，奠定了中国古代美育的思想基础，并在封建社会中形成了中国的美育传统。唐代提出"美不自美，因人而彰"的柳宗元和清代的王夫之，都对美提出了很多很好的、让人们非常喜爱的理论。在西方，也是从奴隶社会开始就产生了很卓越的美育思想，到了近代，随着美学学科体系的建立，美育找到了自己的理想归属。席勒用书信体写成的重要美学著作《美育书简》，提出了通过审美自由活动来培养全面发展的完全的人，也叫完整的人，其美育思想对中国近代美学思想的发展产生过很大的影响。在中国近代，最早把美育介绍到中国的是王国维，而真正倡导美育并建立中国近代美育体系的人是蔡元培先生。他在《教育大辞书》的美育条目中说："美育者，应用美学理论于教育，以陶养感情为目的者也。"这个定义概括了美育与美学、教育的关系，但是并没有明确美育的特殊性质，容易使人们误认为美育就是美学教育。今天，人们的认识早已突破了历史的局限，美育是以一种独特的方式进行德、智、体、美的全面教育，不仅能提高道德情操，也能促进智力、体力的健康发展，培养想象力、创造力。社会主义社会的美育，是为建设社会主义精神文明和培育学生心灵美、行为美服务的，它培养学生充分感受现实美和艺术美的能力，使学生具有正确理解和善于欣赏现实美和艺术美的知识与能力。培养和发展学生创造现实美和艺术美的才能和兴趣，能广泛而深入地影响着学生的情感、思想、想象、意志和性格。

习近平总书记高度重视美育。2018年8月30日，习近平总书记在给中央美术学院老教授的回信中强调，做好美育工作，要坚持立德树人，扎根时代生活，遵循美育特点，弘扬中华美育精神，让祖国青年一代身心都健康成长。2018年，习近平总书记在全国教育大会上提出了"培养德智体美劳全面发展的社会主义建设者和接班人"。2020年是全面建成小康社会和"十三五"规划收官之年，是脱贫攻坚的决战之年，加大美育扶贫力度，以扶志助扶贫，让每位孩子获得艺术的熏陶与情感的培养，让社会主义核心价值观在孩子心中落地生根，对促进他们全面健康发展、拥有精彩人生具有重大的现实意义与深远影响。

杂技作为一门有着三千多年历史的古老艺术门类，在新时代不断创造、发展，焕发了勃勃生机与无穷的魅力，精品力作不断涌现，在青少年美育工作中发挥着不可或缺的重要作用。下面，我就和同学们分享一下杂技艺术的力与美。

"杂技"是一个笼统的叫法，过去叫跑马戏的、功夫。过去吴桥人到欧洲演出，叫"中国功夫团"。新中国成立之后，1950年，周恩来总理组织中国高端的杂技艺术家们去东欧访问。周总理看到这么多精美的技艺，就给它们起名叫"杂技"，后来我们一直就延续着叫"中国杂技"。美国称杂技为"Acrobatics"。其实"Acrobatics"是他们的一个体育项目，人摞人，就是我们讲的"叠罗汉"。在德语国家，杂技叫"zirkus"，在欧洲那边，杂技叫"circus"。实际我们通通都给它叫"杂技"。杂技如果细分有五大类：空中节目、地上节目、魔术节目、滑稽节目和驯兽节目。有人说是四类，我觉得空中节目和地上节目还是分开的好。在19世纪至20世纪中叶，我国杂技节目种类是很齐全的。新中国成立后，党中央、国务院非常关心杂技，杂技的节目类型也非常齐全。改革开放四十多年来，中国杂技有着突飞猛进的发展。高空节目有长足进步，魔术节目涌现出很多新人新秀，在国内外各种大赛中都取得了佳绩。滑稽这些年来也有进步。驯兽方面，由于国际上各种原因，包括国内政策上的、动物保护组织的，一直对驯兽有着不同的声音。但是我想，驯兽作为一个重要的杂技门类，有几千年历史了（如果再往上追溯，可能时间更长），人与自然万物相互依赖、和谐共存，人在漫长的历史长河中驾驭了很多东西。驯兽演员对动物很有爱心，我记得20世纪90年代末去莫斯科，认识了一位驯老虎的老太太，那些老虎吃住都和她在一起，比她的儿女还要亲，她对虎呵护得跟自己的孩子一样。所以我说驯兽这个门类，我们还是要发展的。这五个门类当中，我国的地上节目见长，在国内外都是摘金夺银的。杂技一朵花，这五个花瓣——空中、地上、魔术、滑稽、驯兽，我们都要突飞猛进地发展。

　　杂技从它的要素说，就是"技巧、道具、造型"这六个字。大家都知道，任何一个艺术门类分工不同，它的要素也不同，比如电影的要素也是六个字"画面、声音、切换"，法语的"蒙太奇"就是切换；音乐的要素也是六个字"旋律、和声、节奏"：旋律是它的生命线，和声是它的空间，节奏是它的时间。也就是说，每个艺术门类都有自己的要素。

杂技的核心要素是技巧，杂技以技为核心。没有技术、没有技巧，杂技就会慢慢消亡了。所以不管发展到什么时候，杂技的"技"都是它的核心。"以杂技艺术为核，集其他姊妹艺术为一体，富有后现代意味层次的新型的综合艺术模式"是我对现在新杂技的定位。第一个就是技，即技巧。

下面说道具。"杂技是以人驾物，完成常人所不能完成的超常动作"，这是很重要的一句话，也就是说道具在杂技多数表演当中是离不开的，起到一个非常重要的作用。

再一个是造型。各种造型、各种变化，美轮美奂。所以说，新杂技一定要符合这个时代人们的审美需求。搞艺术跟社会是永远脱离不开的。我们有高超的艺术，我们经历这么多艰辛、这么多努力，为的就是给大家提供精神食粮，能有更多的艺术产品为人民大众服务。

如果光说不练，那叫天桥把式。有说，也得有练，还得精，还得美。另外还有一个现在很多人叫"秀"，有的叫"主题晚会"。20世纪90年代中末期，主题晚会在全世界，特别在中国，几乎每个团都在做，可以说大家的综合艺术水平得到了快速发展。现在的杂技演员已经不是那种杂耍、竞技的单一的表演模式的演员了。现在一个演员首先是美，他有高超的技术，又有很美的表演、很美的形象，让人感觉看完之后"悠然心会，妙处难与君说"。很多领导、同事及其他艺术门类的同行见到我说，现在杂技不得了，太美了。所以我说杂技再往前进，再往前发展，我们会更美。

杂技节目的创新是很难的，要先找着一个核心，这个核心的技巧能不能完成，完成到什么程度？需要科学论证。同时，再把这个节目的主技巧和辅技巧组合起来，形成完整的一个节目，也就是我们讲的"开行变收"。节目的整体结构一定要流畅、要美，所以在节目创意、创作方面，我们还要博采众长，多看、多浏览、多学习。我们要看成功的作品，这是对的；但有的时候也要看不成功的作品，同样会有很大收获。因为你看完之后会突发奇想，可能在这个基础上"离经叛道开新径，违师背典出奇章"，出来一个新的想法。所以我说学习是"三人行必有我师"，不管在什么时候，只要留心、留意、用心观察和思考，就会得到知识、得到启发、得到新的收获。大家一定要敢想，有奇想。什么叫奇想？就是不按正常规律，有另外一种想法，别开生面，别具一格，是新的，这样的节目才能发展起来。近些年来，杂技人左突右闯、历尽千难万苦得出一个新节目来是很不容易的，杂技节目的创新是非常难的。当然首先得有基本功，任何事没基本功，肯定做不好。有了基本功，还得有创意，还得有演员的自身条件，这是节目创新。

创作晚会跟创作节目基本上差不太多，但也有区别，首先是主题立意。有些选择题材就选择当地的，选择当地的最大好处是一个故事流传多年，家喻户晓了。杂技特别适合做这样的主题，用我们独有的一种方式来做，会有一个别开生面的场景、表现。但有些语境、环境不适合这个节目，你非把它放进去，就会很不舒服。到底是节目为晚会服务，还是晚会被节目牵制？这个问题经常发生，杂技的导演有时候处理起来很难，所以我们就得下功夫，用很巧妙的办法，使节目、肢体动作和语境环境相结合起来。不要"挂羊头卖狗肉"——内容和形式不统一，这种情况经常有。所以我们在搞杂技主题创作的时候，一个是立意，一个是主题，一个是节目质量、节目水平，是综合艺术的体验，这方面我们要下功夫。搞戏曲的有这么句话：人保戏，还是戏保人。就是说我们节目强的时候，有时候你"挂"错了，比如形式、语境搞得不对，但也有人看，因为你技术好，这叫"人保戏"。有的时候技巧可能差一点，但很唯美，穿得很合理，语境、环境、音乐、舞美、灯光跟节目结合得天衣无缝、珠联璧合，让人感到唯美、舒适，这样也是对的。再一个，任何一种艺术都是有结构的。有时候结构用体例来体现，有时候体例也用结构来体现，它们是相辅相成的。有些节目强开，音乐、演员队伍阵势很大，但看一会儿观众就审美疲劳了；还有中开，中间的，不温不热不冷；

再一个就是弱开，一场晚会的弱开，通常是有诗意的。从导演的角度来说，做弱开是最难的、最不好做的，要求意境、意象，要有形而上、形而下相结合的东西。一场晚会，可在体例上分为正叙、插叙、倒叙来讲故事。只要你按照艺术的规律来做，在体例上怎么更能彰显你的节目，彰显你的内容、内涵、文化、故事，能彰显出来就是好样的，让大家看了以后感觉很流畅、很舒服、很唯美，就做对了。写文章也一样，根据你所掌握的材料来决定用什么体例，比如倒插、中插、反插，还是平铺直叙，都可以，从头开始平铺直叙给你讲，讲这里做跌宕起伏。注意这个跌宕起伏，结构里头套了节奏，这个节奏哪些地方可能一闪而过，哪些地方我在细抠结构故事的时候，用什么样的体例，用什么样的方式很重要。比如说我做《江湖》，序里头，整个洪荒世界混沌初开，清气上升为天，浊气下降为地，宇宙大自然的星云变化，最后在远远的仙山上，吕洞宾拂尘一甩，用网眼纱的投影把"巾、汉、粒、抟"四大江湖的人照出来，这就是我们江湖里开玩笑说，走着，走到哪要去，走着，空中飞走了去……这个序是倒插的。序之后，大运河岸边出现了杂技之乡吴桥县。所以体例找准了之后，把结构有机地用节奏来控制它，用什么样的节奏控制，用什么体例更能彰显出来，给大家一种惊奇、惊喜、好看、好听、好玩的感受，能一把把观众抓住。我们有些晚会的时间并不长，但让人看得很累，原因就是结构做错了。有些晚会时间长了一点，但是你还没看够、还想看，就是体例选对了、结构做对了。所以我们在做晚会的时候，要注意体例、结构、创意、立意、题材，选节目、结构、体例，一步步往下推，要做到合情合理。为什么要这么做？因为观众每个人都有自己的审美经验，只不过很多人不太总结这些事。每个人都有审美经验，审美经验慢慢形成审美习惯，之后又形成审美逻辑，再之后就是审美逻辑的对应性。我们在审视一个艺术作品的时候，肯定要拿这几个方面去权衡它。我评价一场晚会就那么几句话：如果有交头接耳的、看手机的、看节目单的，作为导演，你的这个晚会在体例上、结构上、节奏上，肯定是出问题了。不要等别人给你提意见，你自己就应该知道。比如老是强开，观众一会儿就审美疲劳了，最起码过会儿要有柔美的感觉，柔美之后又审美疲劳了，你还得给它来一个强的。强弱交织，感觉才会舒服，欲弱先强，欲强先弱，最后一个大揣底——杂技叫"揣底活儿"。审美经验、审美习惯、审美逻辑、审美逻辑对应性，我们在创作的时候一定要把握好。

其次，杂技是单体的，不像戏。戏曲是由文字、文学、创作、畅想、故事情节、语境、环境，顺着往下推的。杂技都是单体节目，有的时候这个节目创作很难，跟语境就不合拍，怎么让它合拍？这里就有一个最大的问题——衔接问题，包括它一个个的单体动作形成了一个单体节目，又由若干单体节目组织起来，它跟别的艺术形式还是有所差别的。在这方面，我们就得注意衔接。这种衔接，有多种衔接法，语境、环境和人物、技巧、道具，怎么让它衔接得自然顺畅？这里面还是需要经验的，要做得天衣无缝、珠联璧合。近些年来，有些晚会在这方面应该说解决得很不错了，但是依然有时让大家感觉到生硬的衔接。节目衔接形式有：语境衔接、音乐衔接、人物衔接、舞美衔接、灯光衔接、时空衔接。时间和空间对话，灵魂在空中链接，真正表演出来，台中台、戏中戏，多角度、多中心、多视点、多层面，用现代、后现代这种交叉的、时空自由流转的手法，完全可以把它体现出来。就时间和空间对话，灵魂在空中链接，我让你感觉到，让你很自然地跟着我跑，这样的话，我们才有更多的话语权，才能创作出更好的节目来。

最后就是杂技演员。过去都说，看我们四肢发达、头脑简单，现在谁再说这话，我就不爱听。现在看我们杂技演员，小伙子个个像小帅哥，无论是舞蹈动作，还有各种技巧，帅、漂亮！我们小姑娘出来之后，个个都像舞蹈家。现在杂技演员很不得了，很美！这就是说我们已经有了长足进步。同时，一个演员还要有修养，这种修养是来自生活当中的点点滴滴。比如说我会读一首诗、我会念一段词、我会写一首诗、我会写一首词，我能写得很漂亮，我对自然界的这种审美，顷刻之间就能悟到。这个"悟到"是怎么来的？就在你日常生活当中的积累。

我给大家讲段很美的词，这段词是宋代张孝祥写的，叫《念奴娇·过洞庭》，第一句是"洞庭青草，近中秋、更无一点风色"。洞庭就是湖南洞庭湖，"青草"是洞庭里的一个小岛，这个小岛叫芳甸；"近中秋"，就是马上到中秋佳节了；"更无一点风色"指一点风吹都没有。下面一句是"玉鉴琼田三万顷，著我扁舟一叶"，说这个洞庭湖就像三万顷的大镜子，连波纹都没有，像玉一样。这么美的环境里，"著我扁舟一叶"，三万顷的湖面上有我一个小船，你想多美呀。往天上看，"素月分辉，银河共影，表里俱澄澈"。天上月亮往地上洒着银辉，"银河共影"就是说整个天上的到了水上，水里映出天上来，你想这种美景多好。最后一句"悠然心会，妙处难与君说"——有多美呀，美到我跟大家说不出来的那么美。我们搞艺术的人，如果不读点诗和词，修养上不来，心里头就没东西。作为演员、艺术家、搞创作的人，你心里没有东西，怎么会美了呢？"腹有诗书气自华"，读书读多了，走路、说话、举止，一看就知道了。因此，我们的演员、艺术家、搞创作的人，都要增加自我修养。不增加自我修养的，说实话，那只能叫匠人。有了文化修养、文化素养、艺术修养，才叫艺术家。你表演出来的动作，一举一动，一个眼神出来，都会是不一样的。陆游的儿子写诗，陆游告诉儿子：你不要光"就诗说诗"，功夫在诗外，不在诗里，要到大自然当中去学习，去悟去取。做一个艺术家，我们还得在修养上更多地去学习，武装自己，要知道我们杂技的本体是什么，这样才能做一个伟大的真正的杂技艺术家。

2022年6月

立德树人，守正创新，争做德艺双馨的新时代文艺工作者
——在中国文联深入学习贯彻第十一次文代会精神专题培训课上的讲课稿

尊敬的各位艺术家、各位学员、同志们、朋友们：

大家好。按照这次培训安排，由我来分享学习心得，很荣幸能有这样的机会，与大家探讨交流。我今天所讲的题目是：立德树人，守正创新，争做德艺双馨的新时代文艺工作者。

在中国文学艺术界联合会第十一次全国代表大会、中国作家协会第十次全国代表大会上，习近平总书记向广大文艺工作者提出了五点希望。其中第五点就是：希望广大文艺工作者坚持弘扬正道，在追求德艺双馨中成就人生价值。我认为，学习贯彻好习近平总书记这一重要指示精神，要着力做好三件事。

第一，学艺先学做人，广大文艺工作者要始终坚守艺术理想，追求德艺双馨。

古往今来，文艺行业的风气深刻影响着社会风气。文艺工作者的人格修为决定着文艺创作的思想深度，其言论行为影响着社会风气的养成。文艺工作者所从事的行业不同于一般社会行业，其创作生产的作品也不同于普通商品。对于作为文化消费对象的文化产品，其价值最重要的不是经济效益，而是社会效益，最终是要看能否真正满足人民群众的精神文化需

要，能否增强人民群众的精神力量。文艺工作者应该成为时代风气的先觉者、先行者、先倡者，要能够引领社会风气、移风易俗、开创新风，而不能随波逐流、固守陈规、推波助澜，更不能成为不良风气的怂恿者、鼓吹者和跟风者。

德与艺是根与花的关系，无根之花持久不了。德艺双馨，既是艺术家执着的追求，也是艺术家崇高的荣誉，更是寄托了党和人民对广大文艺工作者的殷切厚望和热情鼓励。正人必先正己，要做到这一点，文艺工作者首先要努力塑造自己的崇高灵魂，始终追求德艺双馨。常香玉的三句话可以诠释德艺双馨的内涵：第一句是"演戏最重要的是精、气、神"，这"精、气、神"，就是一种精神，无论是演戏还是做人，都要有精神；第二句是"戏比天大"，视艺术为生命；第三句是"人民是我们的衣食父母"，视人民为父母的艺术家，必然会尽心竭力地为人民服务。

正如习近平总书记所指出的，创作要靠心血，表演要靠实力，形象要靠塑造，效益要靠品质，名声要靠德艺。低格调的搞笑，无底线的放纵，博眼球的娱乐，不知止的欲望，对文艺有百害而无一利！唯有高规格的"德"，才是文艺工作者立身处世之根、人格魅力之本；唯有德艺双馨，才能使高尚的人品和高超的艺品相得益彰、行之久远，进而受到群众发自内心的欢迎和点赞。抗日战争期间，梅兰芳不畏威逼利诱，拒绝侵略者的演出要求，彰显出崇高的民族气节；作家路遥为创作《平凡的世界》，找来十年的报纸埋头翻阅，身体力行走入矿井体验生活；表演艺术家蓝天野，把时时刻刻观察和揣摩人物变成了生活习惯，为塑造好角色，反复打磨推敲舞台上的每一个动作、每一句台词；歌唱家郭兰英童年学艺饱受磨砺，扎实的专业功底和"为人民唱歌"的坚定信念，支撑着她在民族歌剧艺术上不断探索创新……在他们身上，我们看到了艺术家们对艺术的敬畏之心和对人民的赤诚之心。

文艺创作是艰辛的创造性工作。练就高超艺术水平非朝夕之功，需要专心致志、朝乾夕惕、久久为功。如果只想走捷径、求速成、逐虚名，幻想一夜成名，追逐一夜暴富，最终只能是过眼云烟。文艺要通俗，但决不能庸俗、低俗、媚俗；文艺要生活，但决不能成为不良风气的制造者、跟风者、鼓吹者；文艺要创新，但决不能搞光怪陆离、荒腔走板的东西；文艺要效益，但决不能沾染铜臭气，当市场的奴隶。

追求德艺双馨，必须做到"明大德"。大德是指个人要树立高远的人生追求和深沉的家国情怀。要深刻理解什么是"国之大者"，把个人的艺术创造同国家的发展、民族的命运、人民的幸福紧紧结合在一起，把个人的艺术理想融入党和人民的伟大事业之中，把培育和弘扬社会主义核心价值观作为根本任务，自觉将其转化为生动的艺术形象和精彩的中国故事，推出更多讴歌党、讴歌祖国、讴歌人民、讴歌英雄的精品力作，为国家立心，为时代铸魂，为我们的人民昭示更加美好的前景，为我们的民族描绘更加光明的未来。

追求德艺双馨，必须做到"守公德"。公德指的是社会主义核心价值观、社会公序良俗、职业道德与操守，等等。文艺工作者作为公众人物，必须提高自身政治站位，担负起应尽的社会责任，严守社会公德，为全社会树立榜样，推出更多歌颂真善美、抨击假恶丑等弘扬主旋律的文艺作品，将弘扬社会公德贯穿到文艺创作的各个环节。要把崇德尚艺作为一生的必修课，把为人、做事、从艺统一起来，严格遵纪守法，自觉规范言行，保持洁身自好，加强思想积累、知识储备、艺术训练，提高学养、涵养、修养，努力追求真才学、好艺德、高品位。要树立正确的人生观、价值观、民族观和国家观，珍惜自身名誉和艺术生命，时刻保持清醒，自尊自爱、自律自重，弘扬主旋律，唱响正气歌，将关注度转化为美誉度，把高流量转化为正能量，做有信仰、有情怀、有担当的新时代文艺工作者。

追求德艺双馨，必须做到"严私德"。私德指的是个人的品德、情操、情趣和政治取向。加强培养和坚持高尚的道德情操，积极向上的生活情趣与习惯，就好比穿上金钟罩和铁布衫，防止沾染上社会各种不良风气。奥地利文学家茨威格说过"所有命运赠送的礼物，早已在暗中标好了价格"。文艺工作者，由于社会曝光度大、社会影响面广，其一言一行或者私人生活甚至个人的政治态度，常常会被社会公众拿着放大镜来进行检视，稍有不慎，不用所在单位来惩处，网络上就会狼烟四起。文艺工作者只有老老实实做事，本本分分地精进艺术技能，涵养私德与修养，才能在艺术的事业上行稳致远。广大文艺工作者要牢记文化责任和社会担当，珍惜自己的社会形象，以深厚的文化修养、高尚的人格魅力、文质兼美的作品赢得尊重。要传承中华优秀传统文化，学习借鉴世界各国人民创造的优秀文艺，做忠实践行先进文化的表率。要勇于引领社会风气、开创文明新风，向炫富竞奢说不，向低俗媚俗说不，向见利忘义说不，向无知妄为说不，做积极引领社会风尚的表率。要树立正确的义利观，处理好社会主义市场经济条件下的义利关系，始终把社会效益放在首位，认真严肃地考虑作品的社会效果，做坚定守护人民心灵的表率。

第二，要不断加强职业道德和行风建设，大力弘扬新风正气，在新的奋斗征程中凝聚文艺力量。

党的十八大以来，习近平总书记围绕坚持弘扬正道、追求德艺双馨、弘扬行风艺德作出了一系列重要论述和指示批示，深刻回答了文艺工作者应该走什么样的从艺之路、怎样才能走好从艺之路、营造什么样的行业风气、怎样建设文艺生态等重大命题，为规范文艺工作者职业行为、开展行风建设及文娱领域综合治理指明了方向、提供了根本遵循。

随着我国经济社会持续健康发展，互联网新媒体新技术日新月异，文艺创作、生产、传播、消费方式日趋多样，文艺新业态、新模式不断出现，"文艺两新"大量涌现，文艺从业人员结构更加复杂、思想更加活跃，流动性、交互性、渗透性不断增强，特别是个别从业人员政治素养不高、法律意识淡薄、道德观念滑坡，违法失德言行时有发生，对社会特别是青少年产生不良影响。

加强职业道德和行风建设是建设社会主义文化强国的必然要求。文艺是时代前进的号角，行风是时代风貌的展示。建设社会主义文化强国，既需要坚韧不拔的伟大精神和振奋人心的伟大作品，也需要天朗气清的文艺行风和山清水秀的文艺生态。面对中华民族伟大复兴的战略全局和世界百年未有之大变局，文艺工作者肩负着启迪思想、陶冶情操、温润心灵的重要职责，承担着以文化人、以文育人、以文培元的光荣使命。我们要充分认识到，实现2035年建成文化强国远景目标，我国文艺不仅要有体量上的增长，更应有文艺作品和从业者人品内在质量上的提升。加强职业道德和行风建设，对于引领文艺工作者履行重要职责、担当光荣使命尤为重要。只有遵循文艺界行风建设自身规律和特点，团结引导广大文艺工作者坚定不移走党领导的文艺发展道路，创作更多高品质、高水准的精神文化食粮，真正成为真善美的传播者、先进文化的践行者、时代风尚的引领者、社会形象的塑造者，才能为强国复兴提供更为强大的价值引导力、文化凝聚力、精神推动力。

加强职业道德和行风建设是繁荣发展社会主义文艺的题中之义。文艺创作不容易，每一部佳作的诞生，无不是心血的耕耘；每一次感动的掌声，无不是实力的展示；每一个动人的形象，无不是辛勤的塑造；每一次效益的增长，无不是品质的支撑；每一次声名的提高，无不是德艺的浸润。进入新时代，我国文艺创作生产活跃，内容形式丰富，风格手法多样，涌现出一大批人民喜爱的优秀作品。但不可否认，浮躁等问题依然袭扰着文艺创作，个别从业者在名利场中迷失了自己，不仅没有在公众中作出表率、树立榜样，反而丧失了文艺工作者应有的品位格调，严重损害了文艺界的良好形象，整个行业风气亟须规范和整治。对文艺工作者的职业道德规范自古有之。在梨园行最初就有"艺高不如德高"之说，戏剧界有句老话叫"戏比天大"，强调的是从业者要尊重作品、尊重观众、尊重艺术规律，时刻恪守文艺为人民群众服务的准则。

我们要充分认识到，繁荣文艺创作、推动文艺创新，必须要有一大批德艺双馨的文艺名家新秀。只有持续深入开展职业道德和行风建设，不弃微末、不舍寸功，引导和帮助广大文艺工作者不断提高学养、涵养、素养，努力形成适应新时代发展要求的思想观念、精神面貌和行为规范，才能有力地推动社会主义文艺事业行稳致远、蓬勃发展。

加强职业道德和行风建设要靠每一位从业者身体力行。广大文艺工作者要加强理论武装，把深入学习贯彻习近平总书记关于文化文艺的重要论述，作为重大政治责任和政治任务，按照学懂、弄通、做实的要求，用党的文艺创新理论武装头脑、指导实践，做到内化于心、外化于行，推动党中央关于行风建设的要求转化为自身的自觉行动。

加强职业道德和行风建设要强化典型宣传，抓好正面引导。今年3月份，中国文联与时俱进新修订了《中国文艺工作者职业道德公约》。广大文艺工作者要重点学习，并按此要求规范自身言行。同时，中国文联及全国文艺家协会也在积极组织开展中青年德艺双馨文艺工作者、终身成就艺术家、"时代风尚"先进典型等评选表彰活动，这使得文艺界主旋律更加高昂、正能量更加充沛、好声音更加响亮，共同营造了文艺界崇德尚艺、潜心创作的健康生态和良好氛围。

第三，要坚持以人民为中心，继往开来守正创新，努力创作一批引领社会风尚的精品力作。

文艺精品反映着一个国家、一个民族的文化创新能力和创造水平。一个时代的文艺繁荣不在于表面如何热闹，而在于能否出现深刻揭示时代关系的扛鼎之作；一个时代的文艺昌盛不在于作品数量如何丰富，而在于能否涌现具有一定规模的精品力作。因为文艺作品都是那个时代社会生活和精神的写照，代表着文艺反映生活的高度和深度。同时，文艺精品也是一位艺术家安身立命之本。早在2014年10月15日的文艺工作座谈会上，习近平总书记就鲜明指出，文艺工作者应该牢记，创作是自己的中心任务，作品是自己的立身之本，要静下心来、精益求精搞创作，把最好的精神食粮奉献给人民。一切有理想、有作为的文艺家，都应努力追求精益求精，不断攀登艺术新高峰。

那么要想推出精品力作，就必须厘清三个命题：何为文艺精品？为谁创作文艺精品？如何创作文艺精品？

何为文艺精品？习近平总书记给出了明确答案，那就是：思想精深、艺术精湛、制作精良。所谓思想精深，不是简单的、图解式的表述政治倾向和标语口号，它是艺术作品中自然流露的深刻哲理和文化价值观。唐诗宋词里的千古名句、电视剧《士兵突击》中"不抛弃、不放弃"台词，之所以被人牢记，就是因为它们能启迪思想、温润心灵、陶冶情操，给人以健康向上的力量。所谓艺术精湛，是指文艺创作应当符合艺术规律，提升美学境界。在充分学习和继承中华民族乃至整个人类进步文明成果的基础上，坚定文艺创作要为人民服务、为人民描绘美好生活图景的初心，鼓舞人民精神，展现时代气象。所谓制作精良，就是要精益求精而绝不能胡编乱造、简单堆砌。比如，一部好的影视作品不仅演员表演要到位，场景、服饰、道具、灯光、音乐等也要用心制作、精美耐看。同时，精品还必须要经得起历史的检验，否则，那只能是热闹一时、昙花一现。

为谁创作文艺精品？人民是历史的创造者，是我们国家的主人。社会主义文艺，就是人民的文艺。新的历史条件下，文艺工作者必须牢牢把握文艺创作的人民性。首先，要满足人民需求。随着生活水平的提高，人民群众对精神文化生活有了更多的需求，对文艺作品的质量和品位有了更高的期待。广大文艺工作者应该紧跟时代潮流，把满足人民群众日益增长的精神文化需求作为文艺创作的出发点和落脚点，把视角放在一线，把焦点对准基层，为人民书写、为人民抒怀，以充沛的激情、优美的旋律，创作出更多人民喜闻乐见、寓教于乐的优秀作品。其次，要来源于人民。人民是文艺创作的源头活水，一定要把人民作为文艺表现的主题。历史充分证明，那些历经磨砺而愈显珍贵、大浪淘沙而更加醇厚的传世经典，无不源于人民。一旦离开了人民，任何文艺创作只能是无根的浮萍、无病的呻吟、无魂的躯壳。要把文艺创作的根深深扎在人民之中，好的剧本就是"脚本"，是靠脚印度量出来的。只有深入生活、深入群众、深入实际，才能创作出群众喜爱的艺术精品。最后，要接受人民的检阅。人民是文艺的最高鉴赏者和评判者。只有人民肯定的文艺作品，才会永葆活力和生命力。文艺工作者应把人民满意不满意作为最高尺度，创作的思想、题材、内容、手段、语言、风格等都必须考虑人民能否接受和认可。那种仅仅把得奖、赚钱作为创作生产文艺作品的目标是完全错误的。

如何创作文艺精品？首先，"深入生活，扎根人民"是根本路径。文艺创作之路千万条，而最根本、最关键、最牢靠的还是扎根人民、扎根生活。要与人民融为一体，用心、用情、用功去感受和聆听生活，紧紧把握住人民的需求，以优美的形式、炽热的感情，创作出这个火热时代的真实画卷，谱写出人民群众的心声，向世界展现可信、可爱、可敬的中国形象。在创作中，绝不能浮光掠影、走马观花、急功近利，更不能虚构人民、丑化人民。其次，守正创新是基本准则。经典的文艺作品与优秀的现代文艺作品，是广大文艺工作者学习和借鉴的范本，但绝不能模仿与重复，否则不仅创作不好，更会严重地伤害作品的影响力和生命力。艺术的生命力在于创新发展。纵观艺术发展史，有些艺术门类发展到今天依然辉煌，而有些门类已经濒危或消亡，关键就在于能否创新。以拥有三千多年历史的杂技艺术为例，发展到今天，特别是杂技剧的出现，已实现由"技"到"剧"的转变，从单纯的炫技跃升为拥有完整故事情节、绚丽多姿舞美、蕴含价值输出、集多种姊妹艺术为一体的综合表现模式，这就是守正创新的具体体现。离经叛道开新径，违师背典出奇章。只有坚持守正创新，把握传承和创新的关系，学古不泥古、破法不悖法，才能创作出更多符合时代潮流的优秀作品。这也就涉及了文艺精品创作的第三点：紧跟时代步伐是重要原则。当下，数字技术手段的飞速发展给文艺创作带来了变局与契机，技术手段的介入，实现了视觉、听觉、触觉等全方位的文艺体验感与参与感，在一定程度上改变着社会生活，影响着文艺创作。5G技术、4D打印技术、4K航拍器、VR全息技术等，无一不与文艺紧密关联，充分利用现代科学技术、现代表现手段、现代传播技术，必将为艺术插上时代创新的翅膀。

　　同志们，自古迄今，从"厚人伦、美教化、移风俗"到"文以载道"，文艺始终承担着成风化人的重要使命。中国文学艺术界联合会第十一次全国代表大会、中国作家协会第十次全国代表大会，吹响了向建设社会主义文化强国进军的新号角，我国文化建设迎来了繁荣发展的黄金时期。广大文艺工作者要把个人的道德修养、社会形象与作品的社会效果统一起来，坚守艺术理想、追求德艺双馨，人品与艺品共进、人格和艺术俱佳，把文艺创造写到民族复兴的历史上、写在人民奋斗的征程中。

2022年8月26日

杂技创作与教育

——在第六届上海国际杂技教育论坛上的演讲

第六届上海国际杂技教育论坛是具有里程碑意义的。

杂技三千多年历史都是有考古见证的。汉唐百戏到宋代开始裂变,到明清时,杂技从皇宫大雅的上层艺术殿堂走向民间,进入勾栏瓦舍,走进百姓生活。

我给杂技的定义是:以杂技艺术为核心,集其他艺术为一体的新型综合艺术模式。中国杂技历史悠久,源远流长,在多少个艺术门类已经消亡后,杂技依然往前进,而且越走越辉煌。因为杂技界永远欢迎"侵略者",不排他,兼容并蓄。

1991年,杂技理论的开山鼻祖、老上海杂技团团长、杂技老前辈王峰主席,去世之前在病榻上对我说:"杂技理论要发展,跟不上啊,我看小边,你来完成这个任务。"所以我用了八年时间,写出《中国杂技概论》一书。书中最后论证杂技的六个字,就像电影的六个字"画面、声音、切换(蒙太奇)",音乐也是六个字"旋律、和声、节奏",我给杂技的六个字是"技巧、道具、造型"。这是杂技的要素,也是它的核心。

杂技艺术是我们中华民族的优秀传统文化,它没有语言的限制、没有政治背景,男女老少都很容易接受。中美关系最艰难的时候,沈阳杂技团去美国,前进杂技团也赴美,打开外交的大门。后来是英国、法国,天津杂技团、西安杂技团、南京杂技团、广州杂技团等先后出去,都是杂技开辟对外交流先河的成功范例。

今天我们重新探讨这些问题，因为时代不同了。时代前进、科技发达、经济繁荣的今天，审美发生了重大变化，杂耍式的、单一的表演模式，竞技性的表演，已经远远不能满足市场和广大受众的审美需求。

2005年我做长隆大马戏，秉持这个理念：大众化是目标，分众化是手段，目标市场中的细分市场要思考用什么手段把它做出来。我长时间地跳进跳出来回对比，思考创作如何要有思想有内涵，又要有文化底蕴，不然就依旧是一个娱乐的中下层的东西，与意识形态、上层建筑、主流社会无缘。

这可以说是我们自身的悲哀。拥有三千多年的历史，获奖最高、影响最大、创汇收入最多，出去却是作为"原材料"，演员进到加拿大太阳马戏团，创意、导演、化妆都是外边的人。大家在国内是有所行动的，找戏曲导演、舞蹈导演、话剧导演参与创作。从理论研究到导演创作，都是咱们杂技自己队伍中空缺的，更别说形成一个完整的杂技创作和理论体系了。

所以我们必须革命。

这些年我们在做革命的工作，市场也是我们的引领。我不反对简单地架构起一台杂技的节目，进行单一式的组合，这种模式将来也还会存在下去。但是想成为主流，具有引导性与前瞻性，就必须赋予杂技以文化内涵。

那么，为什么这么多年没有形成我们自己的理论研究体系？

杂技队伍之所以不注重理论，是因为我们走市场生存相对容易，缺乏理论研究的主动性；另外是文化所限，壶嘴倒饺子——倒不出来。今天，我们走到这一步了，叫"剧"了，剧中就有矛盾冲突，达到高潮、解决矛盾，具有了戏剧结构的一般规律。剧要塑造人物，传递人物的内心灵魂，进行复杂的思想表达，就需要文化内涵，需要塑造人物的表演功力。以前导演说演员完成不了导演和剧情对角色塑造的要求，近些年来就不一样，导演开始觉得杂技演员不简单，步伐都是踩着节奏进来。这是时代逼迫我们走到今天，也是市场的引领必须走这一步。

所以我说今天的杂技教育论坛符合时代的要求、审美的需求、市场的期盼，应该具有里程碑性质，有很多值得总结的东西。如今的杂技剧有人物、有思想、有丰富的文化底蕴，但现在的创作还不够，这就跟教育有直接的关系。

传统的口传心授、师父带徒弟，更多的是满足了技术技巧方面的需要，但对于综合素质的要求来说还是落后了。我们只有开辟杂技教育，来加强演员自身的素质。舞蹈、戏曲、杂技和武术、体育有很多近似之处，这一类的师范大学本科生毕业跟我们艺术职业学院包括中专，到了一线谁能用？学生的质量和素质谁高？中专的、科班的就是好用。这个矛盾怎么解决？怎么架构中国杂技教育？

基础教育是任何一个学科最初始的东西，学生的结构不一样。杂技最好是八岁进来，十几岁的孩子太硬了，有些用不得了。那么我们的学科设置就要考量专业课、文化课，包括对标全日制的小学、初中、高中教育。所以在教育架构上，中专教育依然将是我们普遍的学科教育、基础教育。

高等教育可以作为"回炉"教育，让演员读大学、学人物、学表演。技巧可以从力学的角度去分析；杂技艺术是完成常人无法完成的超常动作，就得利用道具，道具的研发设计涉及包括物理、数学在内的很多综合学科，这是可以进入天花板的教育。还有创意策划导演，可以至少是本科。

艺术都是相通的，我们在顶层的高等教育上可以在这几个方面展开学理剖析。包括魔术的研发，魔术道具、门子就更深了。道具制作、研发、创作、创意策划、导演，包括音乐甚至录像，都是我们自己学科的东西。当今的科技给中国的艺术提供了广阔无边的空间，你要用就得懂得这些知识。我们很多作品的产生，就是靠这些老团长、老杂技人用经验慢慢堆，再借助外脑，确实急缺复合型的人才。学科建设需要有一定经验的学者专家，将来我们杂技学科教育还要在这方面去论证，找突破口突围。

有了教育最后得出作品，与自然界、艺术家、受众形成相互联系的四个方面。高等教育之后，那就是各尽其能。艺术的不确定性太大了，还得看个人的兴趣、学识、文化积淀和修养。到那个层次，就是创作的"自由王国"。艺术永远没有对错之分，但有高低之分。比如我们杂技创作，目前基本是串成主题再形成台本。创作时要给节目留下空间，一旦进去，节目就要服从于故事线的发展。那么我们进入最高等教育之后，创意策划出成果，到了这个层面是最麻烦的，看你怎么做了，天上绝不会白掉馅饼。

所有的演出，如果让人看后觉得不舒服，那就是结构错了。结构像打地基，也就是抑扬顿挫、轻重缓急、起承转合、开行变收，这是我们一般的审美经验形成的审美习惯，审美习惯形成审美逻辑，最后形成审美逻辑的对应性。一切艺术都是结构，之后就是节奏，节奏对了，那就全舒服了。

所以杂技的高层教育非常有必要，并不是一个中专教育就够了。出作品很难，演员在创作中是基础。在教育上，我们的空间实在是太大了，我们可以先关注它，不一定都懂它，但是你要知道它。

特别是我们院团长，你的艺术水平多高、管理水准多高，你这个团就有多高，因为你是决策者。不要把院团长看成一个行政职务，人品好又得懂业务，思维敏捷、说话和气，还懂得历史、文化、外交，又懂礼节礼貌，还能跟团里和谐发展，这太难了。我认为，院团长不应该是一个行政职务，还应该给他更大的空间。

艺术的生命力在于创新，没有创新没发展，没发展就边缘化，边缘化之后就衰落，衰落之后必然是消亡。所以在杂技艺术创新发展的层面，我们这些年做了一些很好的尝试，而理论没有跟上来。行动、形态先往前走，理论是滞后的，我们需要有富于指导性、前瞻性的理论。

中国杂技走到今天，需要百花齐放、百家争鸣。这次第六届论坛在学科设置、学科建设方面作为一个大的开端，探讨包括园区建设、杂技教育、主题晚会、杂技剧等，尽管可能还很浅，但其作用和价值仍旧是有里程碑意义的。新时代的中国杂技走了一个新的里程之后，我们有责任进行总结、发扬、传承，尽快形成我们中国杂技界的理论体系。

希望中国杂技尽快推出一批扛鼎之作、传世之作、不朽之作，真正实现习近平总书记所希望的从"高原"迈向"高峰"，为繁荣发展社会主义文艺事业贡献杂技的力量。

2023年5月19日

用杂技讲故事成就杂技剧

李笑萌 | 记者　牛卓然 | 通讯员

艺苑杂谈

　　杂技艺术是中华优秀传统文化的瑰宝，是一门以人体特技异能为中心的表演艺术，用超越常人的技艺展现出生命的活力与激情。在中国，杂技历史悠久，对它有据可考的记载已经可以追溯到三千多年前。可以说，人类在诞生之初就与杂技密切相连——远古人类的攀爬、翻腾、鱼跃、跳跃，这些动作不仅是人类本能的表现，也是杂技艺术的源头。

　　中国杂技从"撂地儿"演出到今天的"一朵花五个花瓣"——空中节目、地上节目、魔术、滑稽、驯兽都属于杂技这朵艺术奇葩的范畴，这项古老技艺始终生生不息，仍然在继续向前发展。特别是在地上节目领域，中国杂技演员以高超、精巧的技艺多次获得世界杂技领域的最高奖项，在国际上一直保持着"世界杂技金奖库"的美誉。我国定期举办的中国吴桥国际杂技艺术节与摩纳哥蒙特卡洛国际马戏节、法国巴黎"明日"国际杂技节齐名，是国际马戏界公认的世界三大杂技赛场之一，不仅提升了中国杂技艺术的国际地位，还促进了中外文化交流和杂技艺术的发展。

　　作为一门肢体艺术，杂技不受语言限制，深受全世界观众喜爱。中国杂技人不畏艰难险阻、坚忍不拔、勇攀高峰、真诚踏实，用一次次的生命相托铸就舞台上的辉煌，正是中华民族优秀品质的体现。可以说杂技是讲好中国故事、传播中华文化的绝佳表现形式之一。我仍然记得将近三十年前，跟团在德国演出时那种盛大的场景，现场观众无比激动，到处都是欢呼声、呐喊声。这也引发了我的思考：中国杂技的惊、奇、险让世界赞叹，打开了外国观众的兴趣大门，那么如何才能让这种兴趣变为生动的形象更长久地留在观众心中？我想，对于杂技这门艺术来说，要发展下去、被人记住，除了有意境、有意味，还必须有故事的情节、有文化的底蕴。

从20世纪90年代中后期开始，越来越多的杂技创作者开始在杂技节目中融入文化内涵、故事情节。1998年在创作主题杂技晚会《中华魂》时，我们就尝试以篇章的形式赋予杂技节目主题。比如，晚会开篇追溯洪荒世界，让两个柔术演员在一个透明材质的球中表演，在"怦怦怦"的心脏搏动声中，寓意人类胚胎的球从高处一点点落下，就在"啪"地落地的一刻，球中的两个人在魔术手法下消失不见。我们用这样的杂技表演向观众演绎人类生命的诞生，同时也是中国杂技诞生的意象。晚会中，观众不仅可以欣赏到包括人体平衡、柔术、空中飞人、器械技巧等精彩的杂技表演，还可以看到杂技与兵马俑、长城等文化符号的结合，领略中国独特的文化之美，感受到中华民族的精神与智慧，在当时产生了很好的效果。

过去有人说，杂技就是"以人架物"，完成常人所不能的高难度动作。我想，现在这种说法已经被颠覆了。今天的杂技不但重技巧、有情节，还能完整地表达一个故事，这是杂技发展的一个大飞跃。以杂技形式演绎人们耳熟能详的故事，能够带来耳目一新的审美体验。如花木兰替父从军的故事流传了千百年，她的爱国壮举以戏曲、电视、电影以及动画片等形式不断上演，人们早已烂熟于心。杂技剧《花木兰》巧妙地将杂技与极具中华民族特色的变脸、中国功夫、皮影、舞蹈等艺术形式融为一体，不仅展示出中国传统文化的魅力，还提高了故事的表现力和观赏性。在杂技的演绎下，那些家喻户晓的故事情节令观众目不暇接，直呼"过瘾"。这部作品一度创造了中国杂技民族题材剧目在海外商业性连续演出场次的最高纪录，海外观众记住的不仅是某一个动作、场景，更是花木兰这个中国人物形象。

杂技之所以能做到好听、好看、好玩，就是因为它始终是开放、包容的。比如杂技节目《俏花旦——抖空竹》就融合了戏曲的艺术符号，通过京剧的服饰、音乐、动作和身段，展现出国粹的夸张和典雅；其中"跑肩二节接空竹""四层叠罗汉尖子后翻落地二节接空竹"等动作技巧组合，通过巧妙设计，在惊险高难中又不失轻松愉快。杂技要实现不断突破，必须秉持开放与包容的态度。在当下，我们离不开音乐，离不开舞美，甚至离不开3D、全息影像等时下最新的技术。杂技以开拓的精神，永远欢迎其他艺术门类"传经送宝"。

近些年，《战上海》《先声》《天山雪》《我们的美好生活》《槐树爷爷》等一批优秀的杂技剧作品也让杂技实现了破圈传播。这些作品既有红色革命题材，也有现实题材，它们以小切口见证大时代，广泛运用全媒体技术，让杂技舞台多彩炫酷，为古老杂技融入现代审美和流行文化元素，不少走进剧场的年轻人都忍不住感叹："原来杂技还可以这样好看！"

从单一的杂耍竞技表现模式到融合多种艺术门类，由简单的技巧展示到依据剧情来重新设计节目，使杂技技巧自然而准确地融入戏剧叙事中，中国杂技形成了以杂技艺术为核心、融合其他姊妹艺术、富有层次感的新型综合艺术模式，走出了一条有文化积淀、彰显美的特色道路。

只有落后的创作者，没有落后的受众。艺术的活力在创新，发展在创新，其形式从不是一成不变的。只要符合艺术内在规律，符合大家的审美，就是高品位的艺术。杂技剧从一个新的方向让杂技这门古老的艺术在新世纪焕发出动人光彩，这条路上"技"始终是核心，在这个前提下，只要是能够推动中国杂技的发展创新，我们都应该欢迎。

刊发于2024年7月17日《光明日报》

第二辑

个人专访篇

离经叛道开新径，违师背典出奇章
——边发吉的艺术之路

王露霞

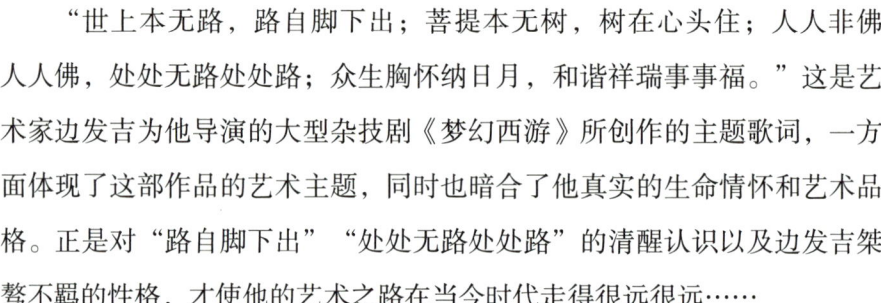

"世上本无路，路自脚下出；菩提本无树，树在心头住；人人非佛人人佛，处处无路处处路；众生胸怀纳日月，和谐祥瑞事事福。"这是艺术家边发吉为他导演的大型杂技剧《梦幻西游》所创作的主题歌词，一方面体现了这部作品的艺术主题，同时也暗合了他真实的生命情怀和艺术品格。正是对"路自脚下出""处处无路处处路"的清醒认识以及边发吉桀骜不羁的性格，才使他的艺术之路在当今时代走得很远很远……

对边发吉来讲，艺术及艺术家所处的时代是他思考和检验一切艺术问题的出发点。他认为，一个时代艺术的产生是受其科技环境、人文环境、自然环境、历史环境影响的。当今时代经济繁荣、科技发展、信息高速，人们的思维方式、生活方式和情感方式都发生了深刻的变化。人们不再满足于过去那种单一的、平面化的艺术形式和机械的二元对立的价值取向，而是需要能够契合当代人的情感经验和审美方式的艺术作品。尤其是20世纪80年代中后期以来，西方现代和后现代主义哲学观念和艺术作品被大量译介进来，这对处在喧哗与躁动中的中国艺术界产生了巨大影响。因此，我们必须意识到，我们正处在一个现代与后现代的交叉时代。在这样一个混合了19世纪的浪漫主义激情和后现代主义的非理性精神以及某些荒诞感的时代，艺术形态和审美价值的多元性、非中心性，艺术门类之间的交叉互渗，不同文化之间的相互融合，已经构成并将继续构成中国艺术乃至世界艺术一道亮丽的风景。在我们这样一个伟大的时代，必然要产生属于这个时代的伟大艺术，而这一伟大的艺术也必然要带着浓厚的时代气息和独特的精神烙印呈现于这个时代的舞台上。

那么，这个时代的艺术如何产生？如何超越传统？如何创造自己？经过长期的知识积淀和艺术实践，边发吉寻找到了一把开启当代艺术之门的钥匙：离经叛道开新径，违师背典出奇章。艺术的生命力在于创新，没有创新就必然死亡。当然，创新并非另起炉灶。正如20世纪80年代初期一些海归派所谓的艺术创新，就只是对西方某些艺术理念的简单解读，对其某些舞台手段的生硬照搬，对中国传统文化和美学精神粗暴的割裂，疏离了中国观众几千年来积淀的审美心理，所以尽管声势浩大却收效甚微。边发吉始终强调，艺术的创新应该有一个从有法到无法的过程，"无规矩不成方圆"，有了规矩设法突破它、超越它、提升它才是一个具有历史责任感的艺术家应有的姿态。他不仅熟悉斯坦尼斯拉夫斯基体系、布莱希特体系、梅兰芳体系，而且对西方现代和后现代主义的一些艺术理念和舞台表现手段也有深入的研究。在艺术实践中，他始终能够以一种更开阔的艺术视野，将所有的艺术理论和舞台手段与自己所要表现的艺术主题和审美理想结合起来，与当下中国受众的审美情趣结合起来，与中国传统文化的美学精神结合起来，使之构成一种新的时代话语和艺术话语。

在大型杂技剧《梦幻西游》中，边发吉以我国经典名著《西游记》为素材，从中抽象出几支人物符号，运用杂技艺术的表现形式，揭示了我国传统文化"天人合一、包容忍让、积极向上、和谐共存"的思想理念。大幕开启，展现在观众面前的是一幅茫茫宇宙的全景：悠悠万物、星汉迢迢、白鹤翩翩，在充满空间感的"天崩地裂"环绕声中，千年精灵孙悟空横空出世，在舞台上施展蹦极的本领，闪转腾挪、险象环生，演绎着人与自然相互激荡的壮美情感；"山缘"中的花果山碧水潺潺、霞光灿灿，精灵与群猴嬉戏的场景中，巧妙地融入了爬杆、绳技、蹬人和皮吊等技巧，抒发着人类与生俱来的浪漫情怀；舒缓柔美的"海韵"中演员们将高超的技巧与优美的舞蹈糅合在一起，在碧波荡漾的海底龙宫，"鱼儿"们用飞速旋转的转碟营造出海浪的美丽景观；尾声中，经过漫漫长路、关山重重的精灵终于到达佛光萦绕的天竺圣地，佛陀恩泽、普度众生、宇宙无极、天下大同。好一派真善美的诱人景象！所有这些表演以杂技技巧为核心，兼容了假定、虚拟和大写意的手法以及舞蹈、音乐、雕塑等艺术门类的表现手段，给观众无限的遐想。更为重要的是，杂技技巧的选择不仅完美地契合了每一环节的规定性情景，情景流动中隐含的故事情节也在观众的想象中呈现着整个剧目的艺术主题，使整场演出看起来，既自由灵动、高潮迭起，又浑然天成、和谐统一。

杂技在过去仅仅是一种杂耍。在今天，当这种简单的传统艺术经过大制作、高配制以及现代化方式打造之后，它竟能成为令世人仰慕的高雅艺术。其中的品格转换凝聚着包括边发吉在内众多杂技艺术家的辛勤劳动和聪明智慧。而边发吉在当代艺术界的重要贡献正在于此：他不仅赋予传统的杂技艺术"叙事"的功能，将杂技的表现形式糅进丰厚的文化内涵，扩大了杂技艺术的包容力和表现力，而且在实践中，他立足于杂技艺术的本体语言，同时集其他姊妹艺术为一体，创造出一种既熟悉又陌生的富有文化底蕴和现代意味的新型的综合艺术模式。

近几天来，我徜徉在边发吉创造的艺术世界中流连忘返。在这里你既可以感受到"飘落深谷去的幽微的铃声"般的朦胧美，也可以惊叹于"大江东去浪淘尽"似的壮阔美；既可以心动于抒情主人公情真意切的真实美，又可以感知天人合一、物我两忘的超越美……这是一片美的海洋，而支撑这些美丽景观的内在根基是边发吉对中国传统文化内在精髓的坚守，对人类永恒艺术母体的倾心与开掘，而呈现这些艺术主题的现代舞台手段使他的当代艺术更加完满。

除杂技以外，边发吉还在大型综艺晚会以及戏剧领域拓展着自己的艺术空间。河北梆子《长剑歌》在结构的整体把握上张合有度，表现手法千变万化。他要求音乐和唱腔设计在不脱离河北梆子本体语汇的基础上，大胆融入民族及通俗音乐的特色，极大地扩展了河北梆子音乐的表现力；舞美设计写实和写意相结合，使用了九道画幕以及多道景片，把舞台空间创造得宏大、广阔；第二场辛弃疾追思渊，一个逃一个追，两个空间并行，造成台中台、戏中戏，使舞台呈现出多角度、多中心、多视点、多层面的美学效果。河北情景民歌演唱会《燕赵情》中的《小白菜》一场，舞台出现了三个空间：作为叙述者歌唱演员的现实空间、抒情主人公小白菜的理想空间和小白菜思念母亲而幻化出来的幻想空间。叙述者动情的演唱、小白菜手持蜡烛对夜空长久的凝望、母亲以舞蹈语汇肝肠寸断般对女儿的思念，随着故事的演进和情感的流淌，三个空间自由流转，超越时空，甚至超越生死，共同诉说着彼此的牵挂与关爱。边发吉所采用的这种多点式、时空自由流转以及虚实相间的舞台叙事手法，真正呈现了"不思量，自难忘，千里孤坟无处话凄凉"的至爱真情。在大型综艺晚会《英雄河北》中，边发吉更是将自己的舞台艺术手段发挥得淋漓尽致，大气、恢宏又富于变化的舞美设计，或雄浑或高亢的舞台音乐，庞大、规整的演出阵容，灯光、音响、色彩等快速撞击所造成的视觉冲击力，将中国当代舞台艺术推向极致。

当前很多大制作的舞台呈现越来越为业内专家和普通观众所诟病，而边发吉的作品却能获得中国观众乃至世界观众长久的关注和喜爱，其中的玄机正在于他能抓住每部作品的魂，无论多么宏大、壮阔的场面，忠实于生命本体和艺术本体的真以及在此基础上所升腾出来的美才是他关注的焦点。因此，他的作品才具有了真正意义上的中国神韵和当代品格。从某种意义上讲，边发吉结束了一个时期，同时，也开启了一个时期。他结束了那个因循守旧、循规蹈矩的"拟古"时期，也结束了那个绝对颠覆传统、生硬照搬西方的"猎奇"时期,开启了舞台艺术崇尚自由、崇尚综合、崇尚和谐的新时期。

有论者称边发吉像一部厚厚的书,而通过观赏他的作品以及与他的交流,我倒认为他更像大海中的冰山,他展示给世人的仅仅是冰山一角,那隐藏于海水下面的部分到底有多大、多深可能连他自己都不是十分清楚。

刊发于2008年6月《大舞台》杂志

边发吉：愿为杂技事业执着一生

许岩 | 记者

在11月5日闭幕的中国杂技家协会第六次全国代表大会上，中国杂协副主席、河北省文化厅副厅长边发吉当选中国杂协主席。边发吉现任省杂技家协会主席、中国魔术艺术委员会会长，是第九、十、十一届全国政协委员，曾获得中国杂技最高荣誉金菊奖终身成就奖和中国文联"德艺双馨"艺术家称号，为河北杂技作出了卓越贡献。近日，记者采访了边发吉。

自小对杂技充满兴趣

边发吉1957年出生于河北省肃宁县，从小喜爱京剧、诗词杂赋，尤其对杂技艺术充满兴趣。1970年，边发吉进入肃宁县杂技团，以学习音乐为主，先后到中国音乐学院、中央音乐学院等专业院校学习。尽管在音乐方面取得了优异的成绩，但是边发吉一直对杂技充满热爱，为杂技编写音乐，研究杂技理论。边发吉说自己对于杂技的热爱似乎与生俱来："我打小从杂技堆儿里长大，这些练杂技的演员都很实在，肯付出，非常可爱。"

对河北杂技作出重大贡献

1988年，边发吉担任省杂技团团长，逐渐将杂技这门单纯的技术表现吸纳入其他姊妹艺术，将单纯的杂技表演发展为充满文化韵味的杂技剧。

当时的河北省杂技团在边发吉带领下，成了全国为数不多的"不用国家一分钱，自己养活自己"的艺术团体，河北杂技在全国乃至世界杂技界都拥有了重要的地位，产生巨大影响。边发吉表示："在当今文化多元化、娱乐方式多样化的时代，任何一种单一的艺术门类都不能满足现今市场的需求了，而以杂技为核心，兼容其他艺术门类的文艺作品才有生命力。"

本着与时俱进的思想，边发吉导演编排的杂技节目屡次在全国乃至世界杂技节上获得大奖，而他与周大明合著的《杂技概论》出版后在杂技界引起强烈反响，此书填补了国内乃至世界杂技艺术理论的空白，是杂技艺术史上一项重要的研究成果。他本人也获得了河北省文艺振兴奖"关汉卿"奖、中国杂技最高荣誉终身成就奖——金菊奖和中国文联"德艺双馨"艺术家称号，并当选为省杂协主席，中国魔术艺术委员会会长，第九、十、十一届全国政协委员。

提到边发吉对河北杂技和中国杂技的重大贡献，推广和发展吴桥国际杂技艺术节则是浓墨重彩的一笔。1989年，作为演出部主任，他开始参与吴桥国际杂技艺术节。当时的吴桥国际杂技艺术节影响力并不算大，举办经费也捉襟见肘，最初只有两三个国家参与，凭借着边发吉对杂技的热爱与执着，经过多年不懈努力，现在的吴桥国际杂技艺术节受到了越来越多的关注，无论是艺术水准还是技术水准都达到了国际一流水平，最终发展成为今天的世界三大杂技赛场之一。

踏踏实实做好实事

在谈到杂技发展上的种种成绩和辉煌时，边发吉由衷地说："担任河北省文化厅副厅长十六年以来，我一直未曾觉得自己是个厅长，我关注的仍然是我的业务，我热爱杂技，并要专注地热爱下去。是杂技给了我一切，我的光环和荣誉，国家和人民该给的都给够了。"如今边发吉当选中国杂协主席，他表示这并不仅仅是给他自己的荣誉："我的靠山和大背景是河北杂技，吴桥杂技对中国乃至世界杂技都作出了重大贡献，这里是杂技的摇篮和故乡。我当选主席，这是对河北杂技地位的认可和重视。"

记者问边发吉当选后有什么新的思路和想法，边发吉说："首先我们杂技界要搞好自身建设，必须不断学习研究和发展。然后我有个希望，就是在首都北京能有一个专门的杂技馆。还有一个长足的设想，就是成立基金会，这可以弥补政策的不足，对于小的杂技团体和优秀的杂技人才，都有重要意义。但是这些都要一步一步来，我是个务实的人，我觉得在担任主席期间，哪怕办好一件实事都行。"

而对于吴桥国际杂技艺术节，边发吉则有着特殊的感情，他表示："必须继续发展和扩大吴桥国际杂技艺术节的影响力，下届杂技节要继续设分会场，踏踏实实将吴桥国际杂技艺术节真正做到国际领先的地位。"

刊发于2010年11月15日《燕赵都市报》

边发吉做客人民网

唐平 | 记者

燕赵文艺名家丛书·艺术

编者按：2015年10月15日是习近平总书记主持召开文艺工作座谈会一周年，值此之际，人民网文化频道特别推出了"回望文艺工作座谈会一周年——文艺名家话精神故乡"系列访谈。近日，中国文联副主席、中国杂技家协会主席边发吉做客人民网访谈。去年的文艺工作座谈会上，边发吉最难忘习近平总书记强调的文艺工作者是"灵魂的工程师"。边发吉也在反复地学习和实践当中深刻感知文化工作要为时代放歌，推动正能量，振奋中华民族的精神。话题转回到杂技界，边发吉称，以中国的文化符号为主要符号，以国家的正能量故事为推动性，这是近一年来发生的最大变化。

塑造灵魂 文艺要为时代放歌

回忆起当天座谈会的情景，边发吉表示，习近平总书记非常和蔼。"听他讲话，如唠家常一样，字字入人心扉，给人感觉非常亲近，非常和蔼。"边发吉说。整场座谈会开下来，边发吉感受颇深的是，习近平总书记的讲话不仅博古通今，而且非常务实，很多问题都直指核心，讲话不仅是对新形势下文艺工作提出新任务、新要求，对于我国当代文艺创作导向、工作方向和文艺事业的健康发展也将产生深远的影响。

"文艺是铸造灵魂的工程，文艺工作者是灵魂的工程师。""实现

'两个一百年'奋斗目标、实现中华民族伟大复兴的中国梦,文艺的作用不可替代,文艺工作者大有可为。"习近平总书记在会上说的这两句话让边发吉回味良久,边发吉认为,这是文艺座谈会上非常核心的两句话。

在此后不断研讨学习的过程中,边发吉不断地叩问自己,作为中华民族大家庭的一员,作为文化艺术工作者的一分子,身上的责任是什么,肩负的重担有多重。"我们有伟大灿烂的文化,有强大的基础,在新时期新常态下我们究竟怎么做,才能实现中华民族伟大复兴,实现中国梦?同时,习近平总书记提出的'灵魂的工程师',这也给文艺工作者很明确的定位。文化工作的重担、历史的重任,就是为时代放歌,推动正能量,振奋中华民族的精神,这是我从内心深处感受最深的。"边发吉一直在思索。

制造精品　在生活长期积累中爆发

习近平总书记在文艺工作座谈会上指出,中华优秀传统文化是中华民族的精神命脉,是涵养社会主义核心价值观的重要源泉,也是我们在世界文化激荡中站稳脚跟的坚实根基。在文艺工作座谈会之后的一年时间里,边发吉从身边文艺界的新风气、新变化中着实感觉到了这句话的指引力量。

"我们今天的中国人腰板是直的,你对自己的文化不当回事,别人更不会拿你当回事。所以在创作上,过去杂技是单一的表演模式,今天的杂技不一样了,是以杂技艺术为核,集其他姊妹艺术为一体的富有后现代意味层次的新型的组合艺术模式。现在有很多杂技剧,讲中国故事,包含中国文化符号,肩负中国文化的传承。以我们的文化符号为主要符号,以我们国家的正能量故事为推动力,这是近一年来杂技界发生的大变化。"边发吉在自己从事了四十多年的杂技工作中,敏锐地捕捉到了市场的新风向。

针对当下的文艺创作市场,习近平总书记曾指出"存在着有数量缺质量、有'高原'缺'高峰'的现象"。那么,如何才能打造出精品,精品又包含哪些构成要素?边发吉认为,所谓精品,要经过人民的检验、历史的检验和市场的检验。"艺术家首先要谦虚，要扎根于人民群众，要体验生活、感悟生活，靠大量的实践，最后才能创作出好东西来。一部精品是一个艺术家长期的积淀和积累而来，是一种爆发。作为一个艺术家，一生当中有一部精品，那就不得了了。"

继承创新　杂技人改造《天鹅湖》

在边发吉看来，当今任何一个单独艺术门类已经远远不能满足广大受众的需求，现在的杂技既有技巧性，又具备舞蹈的优美性，还有故事情节蕴含其中。比如一些优秀的杂技演员，有的单拿出来跳舞也可以跳得非常好，作为专业的舞蹈演员一点都没有问题的。边发吉还以原广州军区的吴正丹和魏葆华两位知名杂技演员为例，形象而直观地展现了杂技业的变化，"他们演一个大剧，以柴可夫斯基的《天鹅湖》为主题，完全用杂技作为语言把它叙述完，在国内外都引起了巨大的轰动"。

边发吉笑着向人民网记者讲了一则故事。曾经有一位舞协领导找到他说："你们把我们经典的芭蕾技巧拿走了，还让我们活不活？"边发吉一边安抚对方别生气，一边解释："《天鹅湖》的舞蹈是在地上跳的，但是我们的杂技在小臂、大臂、肩膀、头顶、抛和接上都有表现，它已经变成我们自己的本体语言了。"

芳林新叶催陈叶，流水前波让后波。边发吉坦言，当一个艺术品种、一些艺术家，如果跟不上时代，不为人民大众服务，自然就会被时代所淘汰。艺术的生命力在于创新，没有创新就不能发展，不发展就会被边缘化，边缘化之后就是衰落，衰落必然走向消亡。"天行健，君子以自强不息。能不能赶上时代的发展，那就看个人的感悟能力和创新能力如何。艺术家一定要清楚，一定要既有传统又有创新。"

边发吉说，今天的杂技是以杂技艺术为核的大综合艺术。中国杂技人在技术创新、艺术创新、故事情节上获得了长足的发展，在这方面，中国杂技人的表现让人骄傲和自豪。

我们所处的时代与文化发展

梁晓娟 | 记者

记　者：边主席，您好！您长期致力于音乐、演奏、作曲、杂技节目编创等艺术领域的研究和实践。您的作品曾获得法兰西今日青年马戏节第一名、瑞典今日青年国际马戏节第一名，并多次获得中国吴桥国际杂技艺术节金狮奖。您本人也先后荣获第一届中国杂技艺术节唯一最佳导演奖、法兰西共和国总统奖等国内外重要奖项。作为国内外知名艺术家，请您从文化的角度谈谈人类发展至今经历了哪几个时期？

边发吉：我国改革开放以来，经济迅速发展，取得了巨大成就，但经济发展到今天需要实现转型。因此，了解并正确认识人类发展所处的时代非常重要，因为每个人的所思所想所悟所行都会受到认识制约，如果不了解人类发展所处的时代，就会茫然，就会出现"情况不明决心大、满腹无知道理多"的状态。

人类社会的发展经历了四个时期。人类从小分子、微分子慢慢进化到小动物，变成人，再从爬行、半屈、半直立、直立到智人，这是一个过程。进入智人，人类就进入了崇神时期。当时人类对自然界知之甚少，实践更少，认为一切都是神赐予的，所以第一个文明时期可称作崇神时期。第二个时期是农神时期，农业文明开始出现，人类学会了种植粮食、饲养家禽。第三个时期是工业革命时期，这个时期催生了文艺复兴，文艺复兴又反哺了工业革命。其实，社会就像一枚硬币，科学技术与文化艺术是硬币的正反两个面。第四个时期是现代主义时期,这个时期也很漫长,其特点是传播方式垂直根状,传播方向单一,符号是文字,话语权掌握在知识分子手里。这一时期,伟大的作家、书法家、美术家、音乐家等层出不穷。当一个时期不能包容另一个时期,并且出现反叛的时候,就有了后现代主义时期。

记　者: 当前我们处在人类发展的哪个时期?

边发吉: 我们现在所处的时期是现代主义和后现代主义交叉的时期。这个时期传播方式不是垂直的,而是平面的;传播方向不是单一的,而是交流的;科技体征不是印刷术,而是电子媒介;符号不是文字,而是图像;话语权不在知识分子手里,而在受众手里。这个时期人人都是艺术家,人人又都不是艺术家,艺术生活化、生活艺术化。如在河北晋州,农民拿着手机里简易的摄像机拍电视剧,拍的内容就是身边的事情。再如张艺谋导演拍摄的电影《一个都不能少》,里边没有一个专业演员,艺术生活化、生活艺术化。这个时期的艺术特点是大狂欢、大审美。什么叫大审美?如原先购买衣服只是为了遮体、保暖御寒,而今天衣服的艺术价值远远超过了衣服的本质功能,很多衣服已经是艺术品了,人们已经从满足基本生理需求层面过渡到了需要精神需求层面。在这个时期,艺术需要混搭、跨界、杂交、大复合。比如我执导的《黄粱梦》,里边有魔术、杂技、舞蹈等多种艺术种类,让受众能在最短的时间看到最精华的东西,符合受众的审美需求。所以说,艺术的生命力在于创新,没有创新就没有发展,就会边缘化,就会衰落,最后走向死亡。艺术不为人民服务,不扎根于人民,那就是空中楼阁、孤芳自赏。

记　者: 请您谈谈什么是文化?人类发展至今经历了几大文化类型?中国文化有什么特点?

边发吉: 人类创造的一切文明就叫文化。从文化角度讲,人类经历了四大文化:一是农耕文化,中国就是以农耕文化为基础的大国;二是海洋文化；三是游牧文化；四是市井文化，人们在固定的地域长时间居住而派生的事物叫市井。

在农耕社会文化影响下的中国，"谁人背后不说人，谁人背后不被说，舌根底下有冤魂，唾液汹涛淹死人"。在我导演的交响锡剧《天涯歌女》中，著名的演员、大歌星周璇就是被各种流言蜚语所伤。这是农耕文化的封建残留，但是也应该看到，秦始皇统一六国后修筑长城，是为了抵御外侮，而非养兵打仗。后来胡人越过长城入侵，汉朝只好采取其他方式换取和平，如和亲，和亲不行只好迎战，于是开辟了丝绸之路。农耕文化发展到今天虽然受到了很大冲击，但是能够流传下来，生生不息，就是因为其有极为深厚的底蕴，它能包容、同化外来文化。海洋文化从20世纪开始引领世界，其原因是危机意识的存在。如海啸、台风、地震、能源危机等，必然导致人类为了生命、为了生存发展海洋文化。游牧文化的特点是人类经常迁移，因此骁勇善战，疆域很大，但是攻打下来的城池保留不长，原因就是文化底蕴不深，如我国的元朝就是如此。

中国文化最大的特点是三教合一，全世界没有任何一种文化是三教合一的，只有中华民族，它取之不尽，用之不竭。我们应该充分认识到，我们的文化是伟大的、光辉灿烂的，是给世界文化作出巨大贡献的，我们绝不能小觑自己，自暴自弃，我们要汲取教训，重塑民族精神，增加正能量。习近平总书记说过，古往今来，中华民族之所以在世界有地位、有影响，不是靠穷兵黩武，不是靠对外扩张，而是靠中华文化的强大感召力和吸引力。当今世界的战争更多的是文化之战。比如中东战乱，有利益的原因，但更多的是文化战争。再比如中日战争，是农耕文化和海洋文化的战争。在巴黎，有十几位诺贝尔奖获得者发表了一个宣言：21世纪世界文化将是以中华文化为主体的世界文化。习近平总书记提出实现中华民族伟大复兴的中国梦，是有依据的，是实实在在的。

记　者：请您谈谈中国以及河北文化产业如何实现转型发展？

边发吉： 中华文化走到今天，经历了历史的巨大震荡，遭到破坏。康乾盛世之后，中国的经济一路衰败，新中国成立后才开始好转。今天我国的经济实力有了很大提高，但是经济结构依然以资源型、劳动密集型、高污染为主，离可持续发展相距甚远，特别是雾霾，已经让政府很头疼。我们急需经济结构调整转型，转向哪里？转向文化、科技、文化创意产业、物流服务行业。

文化产业是很大的一个范畴，不是搞搞演出那么简单。文化创意产业范围很广，基本上可以分为四类：意识形态类（如电影、电视、小说）、工艺制作类（如图书、绘画、雕塑、建筑）、参与体验类（如体育、旅游）以及科技创新类（如阿里巴巴）。现在，很多国家以文化创意为支柱性产业……

河北处在京畿腹地，文化历史悠久、源远流长，我们不能跟北京、天津搞同质化竞争。北京、天津都是国际性大都市，人口密度高，人们在水泥森林中穿来穿去，时间的压力、道路的压力、工作的压力、经济的压力，必然要出去放飞心情。而我们河北有广阔的地域，河北应该发挥优势把他们吸引过来，打造成一个好吃、好喝、好玩、好住的地方。所以搞价值经济、旅游经济是河北省在京津冀协同发展中的重中之重，可以打造文化产业聚集区、文化产业旅游区、文化产业娱乐区，我相信文化创意产业会成为河北省支柱性产业。河北有很多的文化资源可以发掘，如石家庄正定古城、西柏坡，保定直隶总督府、红色文化、皇家文化，邯郸是赵国古都，毛主席在新中国成立后多次来到这里，邓丽君的家乡就在大名，搞一个邓丽君纪念馆，完全可以用文化的招牌把它做好。坚持发展文化产业，实现经济硬实力和软实力的转变，符合人类自然规律、经济发展规律和中央精神，所以我们要团结一致、解放思想、高度统一，把文化产业做大做强。

记　者： 2014年10月15日，中共中央总书记、国家主席、中央军委主席习近平在北京主持召开文艺工作座谈会并发表重要讲话。作为受邀请的艺术家之一，请您谈谈对这次文艺工作座谈会的感想。

边发吉：这次座谈会把文艺工作提上了重点，具有划时代的意义，是里程碑式的。习近平总书记在会上强调，文艺是铸造灵魂的工程，文艺工作者是灵魂的工程师。实现中华民族伟大复兴的中国梦，文艺的作用不可替代。我认为这是我国文艺面向未来发展繁荣的大计，是我们繁荣文艺创作、推动文艺创新、弘扬中国精神、凝聚中国力量的纲领性文件，特别是强调"文艺不能当市场的奴隶，不要沾满了铜臭气"。近几年，一些文艺从业者"一切向钱看"，以经济效益为创作出发点，深陷拜金主义泥潭不能自拔，浑身铜臭气。我也不可避免地受到了经济大潮的影响，常常以经济价值去衡量一部艺术作品，把一部作品能否上座儿、能否有经济效益放在首位，产生了千好万好，没有经济效益就是不好的思想。听完习近平总书记的讲话，我认识到了自己思想的差距。自己的国家和民族培养了自己，如果艺术产品把经济效益放在第一位，而不是为人民服务，就失去了艺术产品的根本属性。所以说艺术家需要良心，需要内心干净，要树立良好的世界观，扎根于人民群众，扎扎实实地为人民服务。

记　者：谢谢您接受我们的采访。

刊发于期刊《领导之友》2015年第2期

中国杂技艺术:"美"的传承,"新"的发展

王小宁 张丽 | 记者

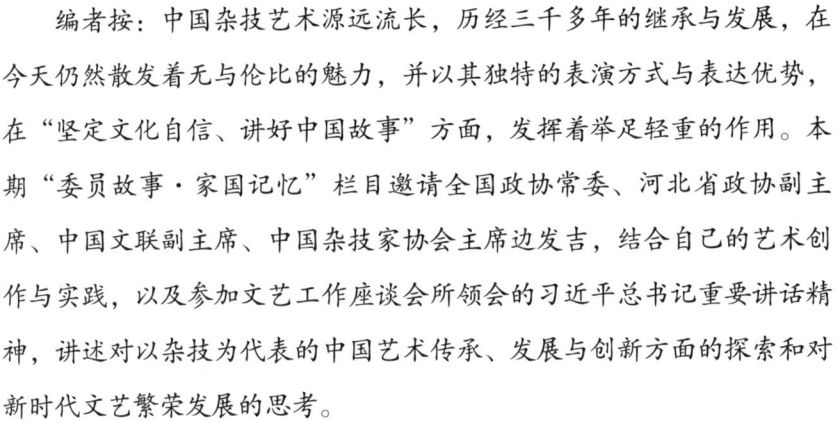

编者按:中国杂技艺术源远流长,历经三千多年的继承与发展,在今天仍然散发着无与伦比的魅力,并以其独特的表演方式与表达优势,在"坚定文化自信、讲好中国故事"方面,发挥着举足轻重的作用。本期"委员故事·家国记忆"栏目邀请全国政协常委、河北省政协副主席、中国文联副主席、中国杂技家协会主席边发吉,结合自己的艺术创作与实践,以及参加文艺工作座谈会所领会的习近平总书记重要讲话精神,讲述对以杂技为代表的中国艺术传承、发展与创新方面的探索和对新时代文艺繁荣发展的思考。

以下内容根据受访人边发吉发言整理。

一

2014年10月15日,我现场聆听了习近平总书记主持的文艺工作座谈会。习近平总书记的讲话高屋建瓴、高瞻远瞩,至今回想起来,仍倍感亲切、催人奋进。会后,我所服务的中国杂技家协会及时传达学习了习近平总书记重要讲话精神,并对中国杂技艺术的传承、发展与创新进行了深入探讨、研究与实践。

中国杂技艺术有三千多年的历史了。传统的杂技艺术是以竞技、杂耍为主的单一表演模式,在20世纪80年代末90年代初,还被有些杂技评论

家称为"只能有情趣,很难表现出情节"。艺术的生命力在于创新,没有创新就没有发展,不发展就会边缘化,边缘化就会衰落,衰落之后必然衰亡。随着改革开放的逐渐深入,杂技艺术开始尝试摆脱以传统竞技、杂耍为主的单一模式,转型为以杂技艺术为核心、集其他姊妹艺术为一体的综合模式。毕竟,一个时代有一个时代的伟大艺术,在新时代,杂技艺术也应该有它的新形态、新相貌、新内涵与新故事。经过多种尝试,杂技艺术在这方面取得了长足的发展与进步,推出了一大批有口碑、有影响力的精品力作。比如我导演的杂技剧《百鸟衣》以壮族经典民间传说为创作题材;《江湖》讲述中国杂技艺人闯荡世界、行侠仗义的故事,彰显了杂技艺人的江湖精神以及爱国情怀;等等。这些创新的杂技剧都受到了观众、专家以及市场的高度认可,有的还获得了国家艺术基金的资助与支持。

美是一切艺术的终极。不管哪种艺术形式,一旦离开美,就不再称其为艺术,杂技艺术也不例外。在保证技术含量与文化内涵的基础上,必须强化它的美,才能做到好看、好听与好玩兼具。在科技迅猛发展时代,高科技可以说是一个有力的辅助手段,将杂技艺术与科学技术相结合,势必会碰触与呈现出不一样的火花。

杂技是表现中华民族美的艺术,也是体现中华民族精神的艺术,特别是体现了中国人民自古吃苦耐劳、不畏艰难险阻、积极向上的大无畏的民族精神。作为杂技艺术工作者来说,"路漫漫其修远兮",我们还要"上下而求索",继续探讨与寻找杂技的更多亮点,在保证基础技巧技术的前提下,使之更丰富、更完美。艺术没有对错之分,但有高低之分。"高"的艺术,就是符合了艺术发展规律、人们审美规律以及市场运行规律的艺术。这就需要我们在继承中发展,在发展中创新,与时俱进,满足当下观众的审美需求,体现当代中华民族精神。这也是中国杂技艺术在今后追逐的目标与方向。

任何一个艺术门类,存在之上,还要发展,这就必须建立起一套理论体系。其中一史一论，构成了艺术的本体理论体系。前些年，中国杂技关于"史"的理论体系已在建构，但"论"的理论体系仍然一片空白，甚至世界杂技界都没有形成一套系统的理论。于是我根据自身实践与研究，与周大明同志合作创作编写了《杂技概论》一书，填补了理论空白的遗憾，吸引了海内外很多杂技艺术工作者的兴趣与目光。中国杂技理论体系已经初步建立起来，可惜的是，中国作为杂技大国，在杂技艺术教育方面，只有中专、大专教育系统，缺乏高等教育，学士、硕士、博士的教育与研究方面还有待推动与完善。

二

俗语道："没有吴桥人不成班。"20世纪80年代末，法国巴黎"明日"国际杂技节主席、著名杂技评论家多米尼克·莫克莱尔先生曾说，吴桥不仅是中国的杂技之乡，也是世界杂技艺术的摇篮。中国吴桥国际杂技艺术节已经坚持举办数十年，每次都吸引了多国杂技团体的参与，使之成为与摩纳哥蒙特卡洛国际马戏节和法国巴黎"明日"国际杂技节"三足鼎立"的杂技艺术盛会，在讲好中国故事方面，起着积极的推动作用。

……

几十年的杂技创作与实践经历，使我一直在思索，新时代杂技艺术的发展特色是什么。我认为，首先应该体现在坚定文化自信方面。每逢单年举办一届中国吴桥国际杂技艺术节，近年来在珠海长隆横琴创建了中国国际马戏节，每年上百个杂技团出国巡演……杂技艺术作为少数不受语言限制的艺术形式之一，中外老少皆宜，在树立中国形象、传播中国文化方面有着独特的优势，杂技艺术工作者也做了很多积极尝试，并取得了很好的效果。其最重要的意义在于，中国从站起来、富起来到今天的强起来，是时候彰显中华文化和中华民族精神了。同时在时代前进、人类进步、经济发达的今天，人们越来越重视对美的需求、对美好生活的追求，融合了传统与现代的杂技作品，使人们在这方面更加充满信心。

此外，杂技不但是一门艺术，还可以成为一个文化产业，对发展当地经济、扩大当地影响力起到积极作用。比如建立杂技文化产业园区，这在国内已有很多成功案例，广州长隆国际大马戏甚至成为当地支柱产业。以此为鉴，全国很多地区都在探索以杂技为主题的文化产业园区，吴桥县也在积极打造吴桥杂技大世界。

推动杂技艺术形成文化产业，在杂技艺术工作者中正在形成一种共识。这是因为，杂技艺术在发展中的创新，除了表现在艺术实践及理论体系的创新外，还体现在如何使杂技艺术站得更高，发挥它的社会价值，更好地为人民服务：一是社会效益，体现中华民族精神，传播社会主义核心价值观；一是经济效益，形成支柱产业，提升百姓生活水平。文化扶贫，将文化与扶贫联系在一起。如何搞好精准文化扶贫的彻底脱贫也是作为一名有责任心的杂技艺术工作者所应考虑的问题。通过杂技艺术来扶贫，就可以采用建立杂技文化产业园区、发展杂技产业的方式，使人民的精神生活和物质生活都得到提升，从而在"结构调整、资源转型"中作出独特的贡献。

三

习近平总书记在文艺工作座谈会上指出，人民是文艺创作的源头活水。人民的艺术是取之不尽、用之不竭的。文艺工作者要想创作出好的作品，的确要低下头来，放下架子，以学生的姿态深入民间，去挖掘、去整理、去创作、去创新。人民和生活是源头，源头如果断了，水就枯竭了，艺术就没有生命力了。几十年来，为了深入生活，从生活中捕捉艺术的素材和灵感，我无数次地带领杂技艺术工作者赴基层考察调研，我几乎走遍了祖国各地。而每到一地，我都会深切感受到基层群众对艺术的强烈渴望，他们对艺术的渴望使我们更加充满动力。

杂技艺术本身来自民间生活，其表演形式、道具，相比其他艺术形式，更富有中国民间特色。在挖掘、整理素材的同时，我们也在思考与尝试，如何将已经失传或即将失传的美的因素融入杂技创作中，如何让传统杂技艺术更加符合当今人们的文化需求与审美价值观。比如在创作《百鸟衣》时，我们到广西壮族自治区考察采风，中国广西是鼓的故乡，所以我们在《百鸟衣》中融入和演绎了各种形式的鼓舞，不但受到当地群众的热烈欢迎，还对民族团结起到了很好的作用。

而今，作为一名全国政协委员，我即将继续履职新的五年，为以杂技为代表的中国艺术的传承、发展与创新而建言献策，包括团体生存状态、市场发展等都是我所关注与关心的。比如近年来杂技艺术工作者一直在呼吁与推动国家马戏院的建设。中国是杂技大国，杂技承载着几千年的传统文化与技艺，能在首都建立大马戏院，对传承与发展中华文化、满足人民日益增长的文化需求有着积极的影响与意义，对中国杂技艺术甚至世界杂技艺术的发展与创新更有着举足轻重的作用。又比如，马戏作为杂技的五朵"花瓣"（空中节目、地上节目、魔术节目、滑稽节目、驯兽节目）之一，几千年来都是百姓喜闻乐见的文艺表演形式，在现代城市建设中，关于马戏动物表演场地建设还存在一定空白，甚至还遭到有些打着保护动物旗号的组织的阻止与指责，这涉及几百个合情、合理、合法的马戏团体及其杂技艺术工作者的生存问题，更关涉马戏艺术的传承与发展问题，我们期待有关部门作出支持与引导。

总之，在中国杂技艺术传承、发展与创新的道路上，我要做一名行者与侠者，为中国杂技艺术的丰富与完美，始终坚持不懈地努力与前行！

一个细节的感思

采访即将结束时，边发吉常委亲切地与记者拉起家常，他问一位记者："是哪里人啊？"记者答："河北人。"他又问："河北哪里？"当记者回答"深泽"的时候，他立即用纯正的深泽口音说，是"shēnzhái"吧？将"深泽"读为"shēnzhái"，是当地人的习惯。地处市区边缘的深泽，是很多石家庄人都不知道的地方，而非石家庄人的边发吉常委竟然知道深泽，还能够说一口标准流利的深泽话，真是令人感叹与惊喜！从这个小小的细节中，记者强烈地感受到了一位杰出艺术家对于生活观察的细致，这必与他多年重视深入基层、与当地人民打成一片的艺术实践经历密不可分。"人民"二字，他不是放在口头，而是写在了心上，融入了生命。作为成就斐然的老艺术家，他为人民服务的赤诚之心、为艺术奉献的真诚态度，就从这样一个不经意的细节中透露出来，难道不值得我们学习与思考吗？

刊发于2018年3月17日《人民政协报》

培根铸魂身犹健　守正创新胆未寒
——访河北省文联第十届委员会主席边发吉

高宏然 | 记者

行经万里身犹健，历尽千艰胆未寒。可有尘瑕须拂拭，敞开心扉给人看。

在7月10日召开的河北省文联第十届委员会主席会议上，新当选的省文联主席边发吉做发言时，再次提到了老一辈无产阶级革命家谢觉哉的诗——这首他最钟爱的、经常挂在嘴边的小诗，是他对全省文艺工作者"切实承担起培根铸魂的使命任务，做好守正创新大文章"的精神激励，亦是他自己几十年从事文艺工作襟怀坦荡、不忘初心的真实写照。

从杂技之乡走来的文化"牛人"

边发吉1957年出生于杂技之乡沧州市肃宁县农村。受当地深厚的历史文化氛围及父兄影响，他自幼饱读诗书，酷爱京剧和诗词杂赋，尤其喜爱范仲淹、辛弃疾等爱国主义诗人的作品。他十四岁就进入肃宁县杂技团工作，"居庙堂之高，则忧其民；处江湖之远，则忧其君"的家国情怀早已深入骨髓，加上古风雅韵的长期浸润，为他日后从事文艺创作并一次次登顶艺术高峰埋下伏笔。

认识边发吉的人有一个共识，那就是他知识非常渊博，无论是斯坦尼斯拉夫斯基还是梅兰芳，以及世界上众多门派的文艺理论他都能如数家珍，对中西方文化有着独到而深刻的见解。

他的口才极好，语言天赋更是令很多采访过他的记者啧啧称叹。"你是哪里人？"他会在开场白时随口问上一句，接下来，无论你说是哪里，都会触碰到他的"语音切换键"，他会马上用你熟悉的乡音侃侃而谈——无论北京、天津，还是广东、河南，抑或保定、唐山……于是，一场主题严肃、正襟危坐的访谈会瞬间"土崩瓦解"，笑声一片。

如果你碰巧喜欢杂技，那就算撞到枪口上了，他会声情并茂、口若悬河地讲上一整天——从三千多年前初出江湖的民间杂耍，到三十年来享誉世界的中国吴桥国际杂技艺术节；从谢觉哉的诗歌讲到杂技剧和民族精神……

作为全国政协常委、中国文联副主席、中国杂技家协会主席、河北省政协副主席、民盟河北省主委的他，和那个出生于大运河畔，听京胡、看杂技长大，敢带着杂技班子闯世界的文化"牛人"，经常生动自然地转换着角色。

无论居庙堂之高，还是处江湖之远，他始终扎根生活的沃土，始终保持着率真热情的个性，保持着对艺术执着而纯粹的热爱，保持着全心全意为人民服务的初心。

助推河北杂技一飞冲天

1970年，边发吉进入肃宁县杂技团，任琵琶演奏员。他以学习音乐为主，兼学杂技，并尝试着作曲和编剧。1976年10月他被调到河北省杂技团。20世纪80年代后，演出市场不景气，河北省杂技团跌入谷底，常年亏损，道具装备老化，演员收入低微，甚至一度传出要更名为"赵县雪花梨杂技团"。

边发吉坐不住了，他太爱杂技了，不能眼睁睁看着自己的剧团走向没落。在采访时他说："为什么我最爱杂技？杂技最大的魅力是真实、真诚、厚道，敢于挑战极限，敢把命交到你手里。这种勇敢顽强、不畏艰难险阻的杂技精神不就是我们民族精神吗！在漫长的历史长河中，有多少艺术门类消亡了，可是杂技历经三千多年依然存在。在咱们河北省吴桥县，有这样的民谣：'上至九十九，下至才会走，吴桥耍玩意儿，人人有一手。'说明杂技是多么深入人心。这么好的艺术，怎么能在我们手上没落呢！"

正是怀着这种强烈的责任感和使命感，边发吉参加了上级部门组织的招标竞岗。他认真分析了杂技团存在的问题，并就如何突破市场瓶颈、振兴省杂技团提出了自己的解决方案。通过激烈的竞争，1989年3月，边发吉被任命为河北省杂技团团长。虽然夸下"振兴河北杂技，绝不拿政府一分钱补贴"的海口，可是面对入不敷出、人心思变的残局，想打个翻身仗谈何容易！他首先整顿纪律，扭转从前懒散的工作局面，统一思想，树立信心；同时加强业务训练，下大功夫抓精品工程，积极参与各种国际赛事，擦亮河北杂技品牌。自担任省杂技团团长起，边发吉率剧团出国演出和担任国际评委，足迹遍及六十多个国家和地区。每到一处，他不仅观摩杂技，还徜徉在歌剧、音乐剧、舞剧、话剧等舞台演出中，熟悉各国的舞台艺术表现手段。在边发吉的带领下，河北省杂技团不仅走出低谷，而且屡创辉煌，演职员工的收入翻了几倍，大家精神倍增，工作热情高涨，又进一步促进了全团的工作。

多年来，边发吉关心支持吴桥杂技，并对吴桥深入挖掘杂技文化资源，延长产业链条，加快推进全域旅游建设给予了理论指导、思路支持和实际帮助，可谓是吴桥杂技的智囊团和坚强后盾。边发吉自2001年起开始担任中国吴桥国际杂技艺术节评委会主席，他认为中国吴桥国际杂技艺术节不仅体现了一个国际赛场的权威性和公正性，更彰显了河北对外开放的博大胸襟，中国吴桥国际杂技艺术节从窗口成长为平台，已成为弘扬中华文化、促进河北对外开放的有力助推器。

河北省艺术中心就是为了中国吴桥国际杂技艺术节量身打造的，也是目前河北最大、最先进的多功能演出场所，占地44.62亩，总建筑面积32059平方米，主体建筑是多功能杂技馆，配有升降乐池，舞台具有敞开式、镜框式、伸出式等多种可变形组合方式。边发吉谈到河北省艺术中心的筹建过程，感慨万千："一波三折呀，太难了！"当时多位国际评委和杂技艺术家提出，中国吴桥国际杂技艺术节需要一个专业剧场，但是省里声音不一。有人说，河北经济落后，还有人上不起学、吃不饱饭，为一个剧场花这么多钱不合适。边发吉据理力争，反复阐述办好杂技艺术节的意义，说越不打文化品牌，越没有影响力，就越受穷，甚至不惜面红耳赤地争辩。后来省委力排众议，确定建设河北省艺术中心。在施工拆迁过程中，又遇到难题。是他不顾个人安危站在最前面，与拆迁户面对面交流，一遍遍沟通，耐心做思想工作，才使工程如期进行。1999年10月，河北省艺术中心终于克服重重困难建成使用，当年10月30日至11月8日就成功举办了第七届中国吴桥国际杂技艺术节，并从本届开始，该艺术节正式升格为国家级国际性艺术节庆活动。

从1987年创立至今，中国吴桥国际杂技艺术节已经走过了32个年头、成功举办了17届，共有50多个国家的600多个节目前来参加，万余位艺术家来河北省进行交流和商演近5万场次。目前，河北省已形成集教育、演出、培训、道具生产、旅游以及中外文化交流为一体的杂技产业链。从一个地方性节日上升到国家级艺术盛会，再成为中国举办历史最长、规模最大、规格最高的国际杂技艺术节，乃至成为全省文化产业的重要组成部分，边发吉始终都是重要的筹划者、推动者和参与者。他说中国杂技艺术源远流长，在今天仍然散发着无穷的魅力，并以其独特的表演方式与表达优势，在"坚定文化自信、讲好中国故事"方面，发挥着举足轻重的作用。杂技节的意义远不是金钱可以衡量的，它最大的意义是大大提高了河北的影响力，树立了河北形象，弘扬了河北精神。

坚持创新发展一路惊艳

  长期以来，边发吉致力于杂技剧、戏曲及综合晚会的编、创、导艺术领域的实践和研究工作，与周大明合著的《杂技概论》，填补了中国乃至世界杂技艺术的理论空白，堪称杂技艺术史上一项里程碑式的研究成果。同时，他在继承传统的基础上大胆创新，以一种更开阔的艺术视野，将艺术理论和舞台手段与所要表现的艺术主题和审美理想结合起来，与当下中国受众的审美情趣结合起来，与中国传统文化的美学精神结合起来，使之构成一种新的时代话语和艺术话语。传统的杂技艺术是以竞技、杂耍为主的单一表演模式，在20世纪80年代末90年代初，还被有些评论家称为"只能有情趣，很难表现出情节"。边发吉认为，在新时代，杂技艺术也应该有新形态、新相貌、新内涵与新故事。经过多种尝试，他们推出了一大批内涵丰富、叫好又叫座儿的精品力作，如《故乡》《玄光》《天缘》等多部杂技剧。又如杂技剧《百鸟衣》以广西壮族经典民间传说为创作题材；《江湖》讲述中国杂技艺人闯荡世界、行侠仗义的故事，彰显了杂技艺人的侠肝义胆及爱国情怀等。这些创新的杂技剧受到了观众和专家的高度认可，多次在国内外获奖。如杂技节目《清宫乐韵》获法兰西共和国总统奖；大型主题晚会《中华魂》《玄光》分别获得2001年首届中国杂技金菊奖优秀剧目奖及唯一导演奖、第十八届中国电视金鹰奖、星光奖一等奖；杂技剧《梦幻西游》获文化部"文华奖"金奖第一名；大型杂技剧《百鸟衣》《江湖》先后入选国家艺术基金资助项目。他还导演了戏曲《长剑歌》《黄粱梦》《天涯歌女》《狼牙山》等九部作品，其中《黄粱梦》入选国家舞台艺术精品工程，在第十届中国艺术节上获文化部文华剧目奖。

  边发吉认为，当今任何一个单独艺术门类已经远远不能满足广大受众的需求，现在的杂技既有技巧性，又具备舞蹈的优美性，还把故事情节蕴含其中。比如一些优秀的杂技演员，有的单拿出来跳舞也可以跳得非常好，作为专业的舞蹈演员一点都没有问题的。边发吉还以原广州军区的吴正丹和魏葆华两位知名杂技演员为例："他们演一个大剧，以柴可夫斯基的《天鹅湖》为主题，完全用杂技作为语言把它叙述完，在国内外都引起了巨大的轰动。"

曾经有一位舞协领导找到他，半开玩笑半认真地说："你们把我们经典的芭蕾技巧拿走了，还让我们活不活？"边发吉一边安抚对方，一边解释："《天鹅湖》的舞蹈是在地上跳的，但是我们的杂技在小臂、大臂、肩膀、头顶、抛和接上都有表现，它已经变成我们自己的本体语言了。"

边发吉以自己几十年的艺术实践总结出，当一个艺术品种或艺术家跟不上时代的发展，不为人民大众所认可，就有被淘汰的危险。在今年7月10日他当选为省文联主席后的首次发言中强调："纵观中国艺术史上各个门类艺术的兴衰起落，守正是根本，创新是生存发展的动力，艺术的生命力就在于创新，无创新不发展，没有创新最终只能走向衰落甚至消亡。在艺术的裂变与融合中，艺术家要走在时代的前列，遵从艺术的内在发展规律，继承发展和创新，勇创高峰。不管是机关干部还是艺术家，都要懂规矩、有修养、重品行，要有精神追求，要务实求学，持之以恒，问心无愧，切忌空谈，做到位不越位；要努力推精品推人才，在把握、把控、引导中前行，实现文艺工作由高原向高峰挺进。"

今天的中国杂技是以杂技艺术为核的大综合艺术。中国杂技人在技术创新、艺术创新、故事情节上都获得了长足的发展，在国际上赢得巨大声誉，这些与"领头羊"边发吉坚持守正创新的发展理念密不可分。

初心不改牢记使命再出发

2014年10月15日，习近平总书记在北京主持召开文艺工作座谈会并发表重要讲话，边发吉是应邀参加的七十二位文化名人之一。他说习近平总书记的讲话高屋建瓴，至今回想起来，仍倍感亲切、催人奋进。

"习近平总书记的那句'坚持以人民为中心的创作导向',含义深刻呀。文艺工作者要想创作出好的作品,必须低下头来,放下架子,深入民间,去挖掘整理、去创作创新。人民和生活是源头,源头如果断了,水就枯竭了,艺术就没有生命力了。"

边发吉说这番话时,是有感而发的。几十年来,为了深入生活,从生活中捕捉艺术的素材和灵感,他无数次带领杂技艺术工作者赴基层考察调研,慰问演出,走遍了大江南北。

"每到一地,我都能深切感受到基层百姓或部队官兵对艺术的强烈渴望,激励着我们创作出更多更好的作品回馈他们。"

边发吉说,今天,人们越来越重视对美的需求,融合了传统与现代的优秀杂技作品,在给人们带来美的享受的同时,也让我们对自己的文化充满自信。此外,杂技不但是一门艺术,也是一个文化产业,对发展当地经济、扩大当地影响力都有积极作用。2005年他创意执导的广州长隆国际大马戏,在国内外得到高度赞扬,社会效益、经济效益取得巨大成功。他用自己的实践充分证明了杂技艺术完全可以站得更高,更好地为人民服务。

在访谈过程中,边发吉多次提到"以民为本""为人民服务"。他说一个文艺工作者,无论什么时候都要脚踏实地,务实求学,问心无愧,切忌装潢,搞假大空。文艺创作如此,做人亦如此。

认识边发吉的人,无不惊叹于他的博学多才,事实上,他不仅荣获中国杂技金菊奖终身成就奖、河北文艺最高奖"关汉卿终身成就奖",而且是国家一级编导,享受国务院政府特殊津贴,是中组部、文化部重点联系的高级专家,可是每次填履历表,他都谦虚地填写"出身农民,学历初中"。

谈到对未来的规划,作为新一任省文联主席的边发吉认为,文联工作必须坚持党的领导,服从党组工作安排,全体文艺工作者都要认真学习贯彻习近平新时代中国特色社会主义思想和有关文艺工作的重要论述,坚决把省委、省委宣传部的决策部署落到实处，切实承担起培根铸魂的使命任务。文艺工作者要讲团结，勤服务；格局要大，心胸要广，要做好守正创新大文章，不断创作出更多更好、为人民群众所喜爱的优秀作品。同时，作为一名全国政协委员，他将继续为以杂技为代表的中国艺术的传承、发展与创新而建言献策，继续为弘扬中华优秀传统文化而不懈努力。

刊发于2019年12月河北省文联微信公众号

艺苑杂谈

在杂技艺术道路上追求是幸福的

李为华　康瑞珍　闫德见 | 记者

出生在沧州的边发吉，自幼习武，喜欢杂技，性格爽朗讲义气。

三十二岁担任河北省杂技团团长，与杂技结下不解之缘，几十年来，他不断探索，从创作导演到理论研究都堪称杂技界的扛鼎人物。

他策划、创排了《清宫乐韵》《水流星》《集体武术》《轻蹬技》等一大批富有时代气息的优秀杂技作品，策划、导演了《中华魂》《故乡》《玄光》《天缘》等大型杂技主题晚会。他的作品荣获法兰西共和国总统奖、中国吴桥国际杂技艺术节金狮奖、文华奖等奖项。他本人也获得了河北省文艺最高奖"关汉卿终身成就奖"、中国杂技金菊奖终身成就奖和中国文联"德艺双馨"艺术家称号。

诸多荣誉加身，他却说这都是身外之事，一个艺术家要只管拉车，不要问路。

他说，在艺术道路上不断追求虽然艰辛，但是幸福的。

初学音乐

记　者：您是杂技专家，但最初从事的是音乐。

边发吉：我的老家是沧州市最西边的肃宁县。打我记事起有个"画眉张"，他口技全国知名，从小耳濡目染，可以说我们是听着他的口技，看着杂技长大的。沧州人好习武，谁家有男孩都要会武术，练点什么。所以，我小时候也是受那种环境影响，我会武术，也喜欢杂技。

后来到了1970年，上学可以上杂技团，但是我去的时候不是学杂技。杂技团都有乐队，他们说你还是学音乐吧，音乐你有天赋。加之家庭环境影响——我父亲在家乡那一带很知名，就是拉胡琴，唱京戏；后来我几个兄弟，包括我的大哥、二哥，都是知名的琴师，到现在依然活跃在舞台上，尽管岁数不小了。

到了杂技团开始学音乐，学乐器。那时候弹琵琶的人少，全沧州市也超不过俩人学琵琶，就让我学琵琶。到1970年底，就给我送到那会儿刚恢复的河北戏校，现在的河北艺术职业学院。当时，他们办公学习就在河北师范大学院里边，我就在那儿开始学琵琶，一下就学了十几年。

1980年，我参加了全国琵琶钢琴比赛，当时在华北地区除了中直院团、院校的，好像获奖的还不多，我算其中一个获奖者。1980年，上海广播电台《星期日乐坛》每周用45分钟专门介绍我的演奏和作品。

大概是1982年，我的琵琶专辑在上海出版社出版。后来到中央电视台又录琵琶专辑，叫《流浪者之歌》。专辑收录了十四首古今中外乐曲，由中央乐团的乐队伴奏，著名作曲家王酩配器。这盘专辑当时卖得很火。

转事杂技

记　者：您在什么样的契机下，开始真正从事杂技工作？

边发吉：这说来话长啊。1976年，河北省杂技团成立。我1976年调到省里来，一直在琵琶、在音乐这条路上。20世纪80年代，我的专辑出来了，独奏音乐会也开完了，有人说我是一个合格的艺术家、琵琶演奏家了。大家给我评价之后，我觉得还不够，还要去努力。

河北省杂技团越办越不好，正好也赶上体制改革，有的人说这个团该解散了，经营不好，效益也不好。也有的人说搞承包啊，让它独立出来，看看谁来做。其实当时呢，我不喜欢当官，我就想搞业务，那会儿年轻人嘛还有点小清高，搞专业很神圣。

记者： 后来想法变了？

边发吉： 后来呢，我决定参与一下，一夜就写了一个招标承包方案。招标领导小组评委经过多次协商，认为我的方案不错，可以当团长。

我上任当天，召开全团大会，一个个点名，整顿纪律，并宣布业务考核。考核不是目的，关键把这个团要管理起来，艺术家们一天不练自己知道，两天不练同行知道，三天不练观众就知道了。特别是杂技不练不行啊，我把我的生命托付到你的手里，基于相互信任，基本功必须强硬，不强硬不行。

记　者： 那时候还经常带团出国演出。

边发吉： 那会儿，只有中国对外演出公司才能批准你出国。那时候国际市场非常好，后来我就到文化部，到中国对外演出公司，给人家讲情况，要任务，找活干。

我们到了日本，在电视台录像，四个小节目，每个节目演两次，录完了就几十万块钱。那会儿全团工资才二十多万，我这去了几天，不算每一个人发的，光带回来的就三十多万。

记　者： 这是在国际市场上挣到第一桶金。

边发吉： 当时，我的精神头儿一下就起来了，抓新节目，抓创新，一定要把这个团办下去，办成全国、全世界第一团。因为我们祖宗留下块光芒四射的牌子，叫中国吴桥杂技。

创新，创新

记　者： 您是怎么想到把编导引入杂技行业的？

边发吉： 杂技当时没有导演。杂技没有导演不行，它是综合艺术，比如说舞美、灯光、音乐、服装、化妆、道具、表演。我一直喜欢杂技，我看到杂技人那种坚韧不拔、积极向上、憨厚老实，那种不怕苦不怕累、勇攀高峰的精神，我就特别崇拜他们。后来我又开始研究杂技，研究如何使杂技从以杂耍、竞技为主的单一的这种表演模式，走向综合艺术发展之路。编导杂技一路走下来，后来就走向了国际。

记　者：《清宫乐韵》是不是一次成功的尝试？

边发吉：杂技不能干练干演。那会儿人们都说杂技只能有情趣，不能有情节，我说我试试看。清朝的康乾盛世，文化很有意思，包括穿衣打扮。《清宫乐韵》赋予这么一个名字，把我们的人物形象打造出来，加上我们的技术技巧，再把音乐综合艺术搭进来，更烘托出技术的高难、意味的深厚，后来我试了试，挺好。

这个节目通过把中华民族的文化符号融合进来，既好看，又好听、好玩。这个节目首先在吴桥国际杂技艺术节比赛获得了金狮奖。后来由国家推荐到了巴黎，参加法国"明日"国际杂技节，获得所有节目最高分，拿到法兰西共和国总统奖，比第二名高出了十六分。

应该说直到今天，杂技不但有情趣、有情节，我们还能完整地表达故事。我做了很多剧目，包括以杂技剧的形式呈现，后来在全世界铺开。艺术的生命力在于创新，纵观中国艺术史、世界艺术史，有多少个艺术门类，到今天濒危或者已经消亡了，究其主要原因就是没有创新。

我秉持着一个理念，所有的艺术都有创新的空间。比如我把我们中华民族的文化符号糅进去。《天缘》就是自然美，人与天、人与地、人与自然万物相互依赖、和谐共存，这种理念就来自老子思想。

后来受邀做广西的杂技剧《百鸟衣》。壮族的鼓是非常知名的，有大鼓、中鼓、小鼓，怎么把它糅进晚会里去？杂技蹬鼓，敲大鼓钻圈，空中叠起，跟人物紧密结合起来，与情节勾连起来，我发现这又是一个非常好的办法。

当今处在现代与后现代交叉时期，任何一个单独的艺术门类，已经远远不能满足市场和广大受众的审美需求了，必须"离经叛道开新径，违师背典出奇章",必须创新。

一朵花

边发吉：杂技是我们中华民族优秀的传统艺术。改革开放四十多年来，可以说中国杂技的发展突飞猛进，河北是个缩影。中国杂技界这些年来做了很多很好的尝试，比如广州长隆，那是典型的文化产业园区。2005年，我在广州长隆导演的长隆大马戏，原来叫《森林密码》，那台晚会到今天依然还是杠杠的。

近些年，全国的文化产业园区，包括迪斯尼、欢乐谷等很多品牌，都有杂技。没有杂技不成"班"。杂技主题公园在全国蜂拥而起，如雨后春笋，安徽、河南、陕西、山东等地，都有大的杂技产业园区，非常漂亮。

杂技不但是优秀的传统文化艺术，更是当今文化产业靓丽的一朵花，会越走越漂亮。发展了艺术，丰富了我们经济，何乐而不为？

杂技是一种生命的托付

记　者："行经万里身犹健，历尽千艰胆未寒。可有尘瑕须拂拭，敞开心扉给人看。"您常用这首诗形容杂技艺术。

边发吉：任何一个艺术门类的存在，你总要找到它的文化基因。坚韧不拔，积极向上，不畏艰难险阻，勇攀世界高峰，恰恰是杂技的精神。杂技艺术凝聚着中华民族最深沉的精神追求，传递着中华民族独特的精神标识。杂技是一种生命的托付，比如说空中飞人，我从这边把人荡过去，那边抓不住就有生命危险。杂技艺术越走越辉煌，越走越久远，为什么？没有中华民族文化的孕育，这门艺术也走不了三千多年，它根植于中华民族文化这厚重的大地。

我一直主张艺术没有对错之分，有高低之分。高了，就是符合了艺术的内在规律、大家审美的规律、市场的规律。

任何一个伟大的时代,必然产生一个时代的伟大艺术。这个时代,伟大艺术必然会带着浓烈的时代气息和烙印呈现在舞台上。没有创作出符合这个时代受众所需求的艺术作品来,你就不是个好艺术家。

我是个艺术杂家

记　者:您学音乐,从事杂技,还写剧本,做导演,涉猎很多行业。

边发吉:有人说你究竟是干什么的,我说我也不知道。写剧本的?不是。说书的?不是。搞音乐的?我是半拉。是导演?我是蒙的。你是诗人、书法家?我都不是。我是个杂家。

记　者:荣获中国杂技金菊奖终身成就奖、河北省文艺最高奖"关汉卿终身成就奖",享受国务院政府特殊津贴……您身上有很多光环,可是每次填履历表,你都填"出身农民,学历初中"。

边发吉:要想有地位,首先有作为,但是我没想着有地位。我1970年离开农村,直到今天,有的部门让我改出身、学历,我说不,我觉得我很光荣。今天在各种表格里要填就填"出身农民,学历初中"。

再一个呢,我个人觉着你出了成绩,国家不会亏待你。要想要得不到,不想要能得到,想要非要要,一笔全勾销。你只管拉车,只管干你的事,荣誉那都是身外之事。

获得那么多奖,我觉得这些都会过去,不值得骄傲。不管干什么,我是个完美主义者,一定要把它做到最好。只要努力了,我就觉得完成了自己的心愿。

记　者:您已经六十多岁了,还在努力。

边发吉:已经六十多岁了,我觉得我还应该做,这次我仍连任中国文联副主席、中国杂协主席。每一次选举之后,我只觉得沉甸甸的。我会谋划下一步中国杂技如何布局、如何发展,比如高等教育的问题怎么办,如何把高等教育做得更好,能为杂技行当开拓一条新的道路。

追求艺术的最高点究竟是什么,这是一辈子追逐不完的,这条路是漫长的,也是艰辛的,但是愉快的、是幸福的。

刊发于2023年2月23日河北新闻网

拥抱时代机遇，开创杂技的新面貌
——专访著名杂技艺术家边发吉

2023年，中国杂技家协会主席边发吉出席了在广东举办的"第七届中国国际马戏节"及"中国杂技艺术创作与高等教育发展论坛"，借此机会，由广东省杂技家协会专职副主席燕列松、《粤海风》杂志社总编辑卢瑜组成的采访小组对其进行了专访。作为中国杂技理论体系开拓者之一，边主席畅谈杂技的"体"与"用"、技与艺、力与美，展望中国杂技的未来前景，为杂技学科教育提供了宝贵建议。

杂技是一门综合性艺术

采访组：杂技是一门怎样的艺术？对于普通人来说，如何理解今天的杂技？

边发吉：当代杂技是一个笼统的叫法，过去叫跑马戏的、功夫。比如以前吴桥人到欧洲演出，叫"中国功夫团"。中华人民共和国成立之后，1950年，周恩来总理要组织中国高端的杂技艺术家们去东欧访问，周总理看到这么多精美的技艺，就将它们起名叫"杂技"，后来我们一直就延续着叫"中国杂技"。

如果需要给它下个定义，可以认为：广义的杂技是一种以技巧作为主要表现手段的表演艺术，主要包括用人体技巧、魔术、驯兽、滑稽等基本方式，来表现人体的特殊技能、体现人驾驭物的能力，以及人与动物和谐的审美关系等，在技术技巧方面具有高难、惊险、精巧、奇特、魔幻等特点。而狭义的杂技主要是以人的身体为载体、以人的身体性为主演、以身体美为对象的审美艺术，这种杂技艺术承载着无限丰富的人体文化信息，既反映着身体丰富的社会内涵，也反映着身体的个性化特点。改革开放以来，杂技是发展最快的艺术门类之一：以杂技技术为核心，融动作、表演、舞蹈等为一炉，结合舞台脚本、导演、音乐、服装、道具、灯光等要素，今天的杂技已经发展成为一门综合性艺术。

构建杂技学科与杂技教育

采访组：如何发展好杂技理论、杂技学科、杂技教育？

边发吉：杂技是一门内涵十分丰富的艺术门类，杂技的"杂"强有力地说明了杂技艺术本质的特征。杂技理论是关于杂技学科的基础理论，它首先是艺术学层面的专业基础理论，同时还涉及文化学、人类学、艺术哲学等相关学科的知识、观念和内容。因此，杂技理论有其特殊性，涉及许多学科自身的复杂问题，譬如，杂技的产生、杂技的分类、杂技美学、杂技的形式与内容、杂技教育等，都是具有学科独特性的重要理论问题。同时，杂技理论还具有鲜明的实践性特征，作为一门以技巧为核心的表演艺术，杂技理论常常是在创作的影响之下实现自我发展的。特别是当代杂技艺术在世界范围内的迅猛发展，直接影响和推动了杂技理论的发展进步。

任何艺术门类的发展都离不开教育，而教育的形式是多种多样的。因人施教，因材施教，应该说，艺术类教育的"高精尖"特性比较突出。过去，杂技、戏曲等艺术的教学主要以师徒传带、口传心授为主，同时，艺术教育对先天条件的筛选比较苛刻：学习音乐，要看你的节奏感、音准、嗓子条件、音乐记忆力；学习杂技，就要看你的腿、胳膊、腰是不是适合杂技表演，要看天生的力量性、柔韧性、协调性好不好。中国杂技发展了三千多年，学科教育是亟待解决的问题。要构建杂技的学科教育体系，首先是一史一论，即《杂技艺术史》和《杂技概论》，没有这两部书，就没办法构成严格的理论体系。1991年，杂技理论的开山鼻祖、老上海杂技团团长、杂技老前辈王峰主席，将撰写《杂技概论》的任务交给了我，之后我用了八年时间，写出了这本书。一些艺术门类会以六个字总结其核心要素，就像电影的"画面、声音、切换（蒙太奇）"，音乐的"旋律、和声、节奏"，在本书中，我给杂技的六个字是"技巧、道具、造型"。这是杂技的要素，也是它的核心。

几十年来，我们下了一些功夫，把基本的史、论构建起来了，但是系统化的现代教育体系还没有出现。在一史一论的基础上，未来的杂技学科需要扎实的理论支撑，并需要协同各艺术门类理论。目前来看，杂技的艺术实践是走在理论建设之前的。然而，杂技教育不仅要培养杂技表演工作者，还要培养杂技理论研究人员及行业、产业发展建设人员，可以说是任重道远。在各方推动下，我们很高兴见到杂技教育正从职业院校培养迈向高等教育，相信未来会有更多的杂技人才涌现。

用杂技讲好中国故事

采访组：如何用杂技讲好中国故事？

边发吉：习近平总书记提出，努力实现传统文化的创造性转化、创新性发展，使之与现实文化相融相通，共同服务以文化人的时代任务。以前旧杂技的表演路径是提供观演的刺激效果，但观众看完了，拍完照了，只体验到一时的刺激兴奋，记不住我们表达了什么。当代杂技要与旧杂技的一些表达区分开来，讲好中国故事。怎么来讲中国故事？对这个题目的解释是，你得有人物、有事件、有矛盾冲突、有情节的起承转合。

"如何叙事？"一直是杂技表演中的重要问题。比如自行车技巧表演，老一辈人比较熟悉的一个杂技节目叫《快乐的邮递员》，分析这个节目，我们就能看出，技巧与故事"两张皮"的情况比较明显，很难做到二者珠联璧合、天衣无缝。20世纪90年代中期，国内开始出现融合了杂技表演的综合性晚会，初步构建了一定的情景，有了简单的情节。如何在这个基础上更进一步？我们进行了一些探索：一方面是融合姊妹艺术，吸收灵感；另一方面是创造性地表现各类主题情节。比如刚获得中宣部最高奖"五个一工程"奖的上海杂技团的《战上海》，就是通过一个解放军连长的视角这一切口反映历史重大事件。我们最近在辽宁创作的剧目《先声》，也尝试以"九一八"事变中王姓一家的普通人视角来讲述这一重大历史事件。

另一重要工作则是要在讲好故事的基础上做好记录与传播，因为当前许多艺术形式的传播都面临一些屏障。杂技的艺术特质无形中破除了艺术传播中的语言障碍、文化的地域性局限，以及因意识形态不同而产生的接受障碍，等等。杂技的形式载体如人体、动物、魔术、滑稽等，大多为人类文化的共性；杂技的精神内涵如勇敢、智慧、乐观、理想等，多具备人类精神的普遍性；杂技的纯技艺内容则又突出体现了其个性化的艺术性。因此，我们要发挥好它天然的传播优势，围绕得天独厚的有利条件，做足文章。我们希望未来的杂技能在表演中讲好中国故事，将人物、场景、故事结合起来，不仅让观众看到高难度的技巧，又在剧中体现出人物形象、情感、内涵，从单纯的炫技奔向综合艺术，并借传播的优势发挥重要的文化影响力。

杂技的"技"与"艺"

采访组：如何理解杂技的"技"与"艺"，并构建杂技的美学？

边发吉：杂技的核心要素是技巧，没有技术，没有技巧，杂技就会慢慢消亡了。所以不管如何发展，杂技的"技"都是它的核心。"以杂技艺术为核心，集其他姊妹艺术为一体，富有后现代意味层次的新型的综合艺术模式"是我对现在新杂技的定位。

各艺术门类都有自己独特的美学内涵，那么有没有独特的"杂技美"呢？其实，杂技是最能展现人的精神力量和美学追求的艺术门类，重点是如何从广阔的传统文化、悠久的历史渊源、浩瀚的民族理想中选取适合的部分，用杂技的方式创造性地表达出来。我们得赋予它文化、内容、内涵、故事，构建出无限的表达空间。昨天晚上大家一同观看的杂技剧《天鹅》中有个情节，主人公在成长过程中受阻了、受挫了，一开始从高高的杆子上摔下来，十分着急，但是慢慢恢复、振作，最终实现理想。这让我回想起吴正丹、魏葆华在摩纳哥拿到世界杂技的最高奖项"金小丑奖"时，全场几千人站起来，我们国家的国旗升起来，国歌奏响，全场给他们鼓掌。当时这种为自己国家、民族所感到的自豪、激动，让人无比振奋……一个国家、一个民族其实也会经历其成长过程，通过个人的小故事表现国家的伟大征程，这部剧的立意就高了。所以要用艺术审美方式讲述故事，这样一来，我们的杂技剧就有了内容，有了内在的精神力量，具备了美学的成分。

关于中国杂技，我一直有两句话："杂技艺术凝聚着中华民族最深沉的精神追求。""杂技艺术传递着中华民族独特的精神标识。"这是中国杂技与中华民族精神最本质的联系。杂技艺术三千多年来一直没有衰败，就源于其深层次的美学的、思想的内涵。因此我们要思考，如何去弘扬、扩大它这种精神标识，并构建、推广这种美学范畴。尽管面临着一定挑战，但我觉得这是中国杂技将来必须走的一条路。

杂技门类的当代样态

采访组：人体技巧、魔术、驯兽、滑稽是杂技的四个类别，它们在当代的发展形势如何？

边发吉：在充斥着复制艺术、虚拟艺术的当代艺术中，人体技巧艺术的真人形象给人以视觉上的美感，高扬着人本的精神。人体技巧的真功夫揭示着现代艺术的一种基本事实，即在艺术的多元化、多样性共享空间中，真实自然的事物永远是其他各类艺术的原始摹本，不管新技术手段如计算机、多媒体等给人类社会带来怎样深刻的变化，它都有着不可替代和不可忽略的特殊地位。特别是在中国杂技中，人体技巧的优势是举世公认的，作为一种民族文化传统，它将在一个相当长的历史时期内保持持续发展。

魔术是能够充分体现迄今人类艺术发展所经历的模仿艺术、复制艺术、模拟艺术三个重要阶段的表演艺术形式之一，真实体现了由传统到当代的人类艺术进化过程，且至今魔术中的这些表演艺术形式及特色仍然广受欢迎。因此，魔术的思维空间和技术空间是极为广阔的，不仅继承了优秀的文化传统，而且还超出了传统的艺术视野和思想预见，当代魔术师正紧随现代文化发展，以新科技手段，以多媒介的美，以多种审美经验建构新的魔术艺术。

在"人与动物的关系"这一问题上，传统的、以西方文化为源头的动物"非理性"、动物"工具论"或"机器论"的观点已遭到质疑。与此同时，我们正在越来越多地接触到关涉马戏驯兽的现代观念和行为方式，如"动物保护""动物权利""动物福利""生态中心""生态同情""生态平等"等。可以预见，在越来越多的动物保护行为的积极干预下，动物表演将越来越朝着有利于动物保护、物种繁衍、人与自然和谐共处的方向发展，马戏驯兽正迎接着新时代的考验。

滑稽的审美意趣正在当代社会中得到提升。与美学中崇高的艺术目的不同，滑稽只在意更真切地反映社会，表现以往被忽略的人的多样性发展与个性存在，在清醒状态下活出自己的精彩。它以自己鲜明的性格特色，通行于传统与当代之间，让观众由此缓解现实生活中的心理压力，宣泄丰盈的心理能量，追求尚未满足的个人愿望，在滑稽中享受精神狂欢和心灵震撼,这对当代人来说不外是一个特殊的礼物。中国杂技滑稽要改变目前的清冷现状,实现作品的繁荣和艺术上的成熟,不仅要经历民众性格多样化的建构过程,因为我们民族并不匮乏滑稽人格,东北人的赵本山式滑稽、维吾尔族人的阿凡提式幽默和江浙人的喜剧小品人物式性格,都代表了社会生活中的智慧和自由精神;更需要对滑稽性格在深层情感层面的认同和共鸣,并由此发现自己、完善自己,发展和谐社会。

杂技艺术创作展望

采访组:您对于未来杂技艺术的创作有怎样的展望?

边发吉:一是要大胆创新。在节目创意、创作方面,我们还要博采众长,多看,多浏览,多学习。我们要看成功的作品,但有时候也要看不成功的作品,同样会有很大收获。因为你看完之后会突发奇想,可能在这个基础上"离经叛道开新径,违师背典出奇章",出来一个新的想法。所以我说学习是"三人行必有我师",不管在什么时候,只要留心、留意、用心观察和思考,就会得到知识,得到启发,得到新的收获。大家一定要敢想,有奇想。什么叫奇想?就是不按正常规律,有另外一种想法,别开生面,别具一格,是创新的,这样的节目才能发展起来。近些年来,杂技人左突右闯,历尽千难万苦得出一个新节目是很不容易的,杂技节目的创新是非常难的。当然首先也得有基本功,任何事没基本功,肯定做不好;有了基本功,还得有创意,还得有演员的自身条件。

二是要注重结构。杂技艺术要讲结构。有时候结构用体例来呈现,有时候体例也用结构来表现,二者是相辅相成的。有些节目强开,音乐、演员队伍阵势很大,但看一会儿观众就审美疲劳了;还有中开,中间的,不热不冷;再一个就是弱开,一场节目的弱开,通常是有诗意的。从导演的角度,弱开是最难的、最不好做的,要求意境、意象也有形而上、形而下相结合的东西,意境的东西不好做。讲故事的节目体例分为正叙、插叙、倒叙，只有按照艺术的规律来做才行，在体例上，怎么做更能彰显你的节目，彰显你的内容、内涵、文化、故事，能彰显出来就是好样的，让大家看了以后感觉很流畅，很舒服，很唯美，就做对了。比如说我做《江湖》，序里头，整个洪荒世界混沌初开，清气上升为天，浊气下降为地，宇宙大自然的星云变化，最后在远远的仙山上，吕洞宾拂尘一甩，用网眼纱的投影把"巾、汉、粒、抟"四大江湖的人照出来，这个序是倒插的。序之后，大运河岸边出现了杂技之乡吴桥县。所以体例找准了之后，用节奏有机地来控制结构，用什么样的节奏控制，用什么体例更能彰显出来，给大家一种惊奇、惊喜、好看、好听、好玩的体验，才能一把把观众抓住，这是很重要的问题。我们有些节目的时间并不长，但让人看得很累，原因就是结构做错了。有些节目时间比较长，但是你看不够、还想看，就是体例选对了，结构做对了。

三是要注重观众反馈。这是因为观众有自己的审美经验，审美经验慢慢形成审美习惯，之后又形成审美逻辑，再之后就是审美逻辑的对应性。要关注到观众的反馈，这是我们的第一手资料。我评价一场节目就那么几句话：如果有交头接耳的，有看手机、看节目单的，作为导演，你的这个节目在体例上、结构上、节奏上肯定是出问题了。不要等别人给你提意见，你自己就应该知道。比如老是强开，观众一会儿就审美疲劳了，最起码过会儿要有柔美的感觉，柔美之后又审美疲劳了，你还得给它来一个强的。强弱交织，感觉才会舒服。欲弱先强，欲强先弱，最后一个大撺底——在杂技领域叫"撺底活儿"。审美经验、审美习惯、审美逻辑、审美逻辑对应性，我们在创作的时候一定要把握它。实际上人人都是有审美的，无论男女老少、穷富与否，都有审美的趣味和基本的判断，并且在欣赏艺术时，都会遵循审美经验、审美习惯、审美逻辑。符合审美结构的艺术会让人觉得美，并且还会和观众的心理文化结构对应。有时候我们的观众看表演，总觉得哪一块不对劲，但不知道是哪儿，这就是因为我们的艺术作品在艺术逻辑上不符合规律，或者说缺乏了一定的内在的艺术结构，因此杂技艺术创作要时刻注意观众的反馈。

四是要注意衔接。杂技是单体的，不像戏曲，戏曲是由文字、文学、创作、畅想、故事情节、语境、环境顺着往下推的。杂技都是单体节目，有的时候这个节目创作很难，跟语境不合拍，怎么让它合拍？这里就有一个最大的问题——衔接问题，杂技由一个个的单体动作形成一个单体节目，又由若干单体节目组织起来，它跟别的艺术形式还是有差别的。在这方面，我们就得注意衔接。有多种衔接法，如语境、环境和人物、技巧、道具，怎么让它衔接得自然顺畅，这里面还是需要经验的，要做得天衣无缝、珠联璧合。近些年来，有些节目在这方面应该说解决得很不错了，但依然有时让大家感觉到衔接的生硬。节目衔接形式有语境衔接、音乐衔接、人物衔接、舞美衔接、灯光衔接、时空衔接。时间和空间对话，灵魂在空中链接，真正表演出来，台中台，戏中戏，多角度，多中心，多视点，多层面，用现代、后现代这种交叉的、时空自由流转的手法，完全可以把它体现出来。就时间和空间对话，灵魂在空中链接，让观众感觉到，让观众很自然地跟着我跑，这样的话，我们才有更多的话语权，才能创作出更好的节目来。

最后我想说，我们在搞杂技主题创作的时候，一是立意，二是主题，三是节目质量、节目水平，综合艺术的体验，这三方面我们要下功夫。搞戏曲的有这么句话：人保戏，还是戏保人？就是说我们节目强的时候，有时候你"挂"错了，比如形式、语境搞得不对，但也有人看，因为你技术好，这叫"人保戏"。有的时候技巧性可能弱一点，但很唯美，穿得很合理，语境、环境、音乐、舞美、灯光跟节目结合得天衣无缝、珠联璧合，让人感到流畅、舒适，这样也是对的。20世纪90年代中末期，含有杂技元素的主题晚会在全世界流行起来，特别在中国，当时几乎每个团都在做，可以说大家的综合艺术晚会经验得到了快速积累。当下的杂技演员已经不是那种只有杂耍、竞技等单一表演模式的演员了，而是综合了形体美、形象美、意境美，他们的表演让人感觉"悠然心会，妙处难与君说"。很多领导、同事，包括其他艺术门类的同行见到我也会赞叹说，现在的杂技不得了，太美了。所以我说杂技再往前进，再往前发展，会更美。

粤港澳大湾区杂技发展

采访组：您对粤港澳大湾区的杂技发展有怎样的观察和期待？

边发吉："粤港澳大湾区"这个叫法我特别喜欢，它有很大的发展空间，无论对政治、经济、文化，还是社会发展都会起到重大的推进作用，可以实现"一加一大于二"的效果，有助于当地文艺走向全国，走向世界。粤港澳大湾区给杂技提供了一个充满想象力的发展空间，它将成为未来杂技艺术、杂技产业、杂技理论生发的一个充满活力的舞台。

具体分析，从行业发展角度看，广东的杂技民间基础比较薄弱，不像河北、安徽、河南、山东是中国传统杂技的大省份，他们有的还以杂技立县，县里的百姓家家户户都会一些杂技，当然这一点也和人文、历史有一定关系。但大湾区的杂技有它无可替代的优势。第一是行业市场优势。大湾区的长隆国际马戏已经成为国内外马戏的一张名片，周一到周日7天6000余人的座位几乎场场都能坐满，一年下来整体接待游客能超过200万人，其中的驯兽、人体技艺、道具、舞美都是很精彩的。从魔术产业来说，广东的魔术表演、魔术道具产业在全国排名第一，比如深圳欢乐谷的国际魔术节每年都会吸引大量业内外人士参与，还有广东卫视出品的《技惊四座》，在国内产生了很大的影响。另一个是地域优势，大湾区囊括了香港、澳门的行业潜力，势必会加强内陆和沿海、世界的交流，世界级的马戏、杂技、魔术、滑稽大师会来到咱们大湾区，用他们的艺术经验、人员团队、产业资讯给我们带来宝贵的启发，我们要充分发挥这个地区的天然优势。

从艺术的演变规律来看，粤港澳大湾区也将成为现代与后现代杂技发展的前沿阵地。现代与后现代交叉是文化的、多元的，娱乐方式是多样化的，吸引眼球的东西实在是太多太多了。这个时期的艺术家是伟大的，同时又是艰难的，为什么？因为在拥有如此多类型艺术表演的市场环境下，时间是观众最宝贵的东西，不做精品，没人愿意看。这个社会上只有落后的艺术家，没有落后的受众。我们正处在现代与后现代交叉时期，这个时代各种艺术都在发生裂变，小说是解构的，诗歌是意象的，戏剧情节是荒诞的，音乐是无调的，现在这个时期一线艺术都发生了重大的裂变，这种裂变我们作为艺术家如何去应对？应当是发展出一种各艺术门类你中有我、我中有你的关系，各艺术相依共存、互相交融、互相推动，实现杂交跨界、混搭大融合。当代的杂技艺术，核心是杂技，但同时它也是舞蹈的、美术的、影视的、声光电的、高科技的、音乐的，这已和传统的杂技艺术大不一样了。这个时代科技前进，人类进步，经济繁荣，它具备许多鲜明的时代特征，粤港澳大湾区处在时代发展的前沿，我们应该抓住这样的机会，积极发展杂技理论，大胆创新，拥抱时代机遇，开创杂技的新面貌。

访后跋语

有着深厚人类文化传统的杂技艺术，在继承与发展中实现了空前的审美超越，同时获得重大的现代意义。当代杂技精品力作不断涌现，展现出极强的生命力，并在国际民间外交、文旅活动中发挥了重要作用。当下，许多从业者正不断推动优秀杂技剧目的创排编演。正值广州市杂技艺术剧院《天鹅》亮相巡演期间，中国杂技家协会主席边发吉出席首届"中国杂技艺术创作与高等教育发展论坛"，并接受了采访组专访。作为中国杂技理论体系开拓者之一，他畅谈杂技的"体"与"用"、技与艺、力与美，展望中国杂技的未来前景，为杂技学科教育提供宝贵建议。杂技发展及其理论体系建设未有竟期,愿先生继续在知与行的探索中快意驰骋,为杂技及其理论建设作出新的贡献。

　　　　　　　　　　　　　　刊发于2024年3月《粤海风》杂志

技与美
——文艺家边发吉侧记

程雪莉

记

春芽，在玻璃窗外偷偷微笑。

思绪，在文艺访谈中漫漫萦绕。

我的这间作家工作室里，走进著名文艺家边发吉，高大、纯朴，言辞爽利幽默，语调亲切，儒雅中夹杂一丝侠者风范，似乎很符合人们对沧州人或是河北人的形象定位。今天，四五位文友落座，想了解他的杂技艺术"江湖"，更想验证他的"传奇"——他真能张口说八国语言？他真能背诵万千诗篇？

真能吗？

看到我们急于求证的样子，他笑笑，讲了一个"斗酒"背诗篇的故事。忽又嘱咐，这个"玩耍的事儿"可不能写到文章里呀。

某年某月某日，几个文化大家聚在一起，几杯下去，聊兴陡增。一老者提议，背《离骚》、背唐诗宋词。到了边发吉，他增加难度，提议背昆明大观楼一百八十字长联，带创作背景、作者介绍，背不过，罚酒。老者拿微醺的目光"扫射"过来：这个偏题，怕是接不住吧？

"带喘气吗？"边发吉接住目光，故意打趣。老者生疑。

"五百里滇池，奔来眼底，披襟岸帻，喜茫茫空阔无边……只赢得：

几杵疏钟,半江渔火,两行秋雁,一枕清霜。"顷刻间,滚滚珠玉一口气撒落席间!

老者惊诧,众人感佩。

边发吉缘何如此记忆强大,难道真是天生?他说,记忆真有秘方,也可训练,是童子功。

1957年,河北省沧州市肃宁县,一个边姓农家,一名男孩儿出生,取名边发吉。边家表面普通,实不一般。一有家底,二有藏书,祖辈曾在天津经商,吃穿用度比普通农家好。再则,边发吉的父亲颇有传奇色彩,懂诗书,晓音律,双手打算盘,写一笔好字。父亲直到六十岁退休时,在沧州地区的会计比赛中,依然能拿第一名。

边发吉的母亲亦是大家闺秀,温柔敦厚,一辈子没和别人红过脸。边发吉前有哥哥后有弟弟,母亲生育八个男孩子,养活成人六个。虽然孩子们多,但是父母亲对他们的培养和教育格外上心。边发吉从小就饱读诗书,吹拉弹唱都能来,父亲擅长的拉胡琴也成为他的最爱。范仲淹、辛弃疾、苏东坡等文豪激情澎湃的爱国诗篇,他尤喜诵读。

沧州是杂技之乡,边发吉的村庄里生活着很多靠本事吃饭的杂技人,今天"小白猴",明天"画眉张",他经常能看到许多杂技节目。杂技人的江湖义气、豪爽又务实的性格,深深浸润着他幼小的心灵。他想学真本事,做一个受人们欢迎的人。稍大一点,他开始发奋读书,或壮怀激烈,或忧国忧民,仁人志士的诗词歌赋感染着少年,鸿鹄之志渐生。

在当时的农村,边发吉求学之路很快就走不通了。十四岁那年,一个偶然机会,他进入肃宁县杂技团,成为一名琵琶演奏员。他学琵琶,学作曲,学编剧,逮着什么就学什么,有什么书就读什么书。青春好年华,技艺乘风飞。几年之后,他就调到了河北省杂技团工作。

那日,十六岁的边发吉在宿舍墙上挂起十六个字:"务实求学,切忌装潢,持之以恒,问心无愧。"这是座右铭,也是为人处世的标准。

他的第一条"务实求学",首先就是训练记忆力。

"背诗背古文,背老戏词,我是用形象记忆法。一首诗,甚至一句诗就是一个场景,一个场景接着一个场景在脑海里转换生成,像电影胶片一帧帧传送,'我爱北京天安门,天安门上红旗升',两幅画面叠加,闪回;'黄鹤一去不复返,白云千载空悠悠',黄鹤飞,白云飘,意境在眼前,语言源源不断。"

他持之以恒的记忆训练,是为用。果然,这个有效的记忆方法,给他以后的工作带来帮助。他每导演一部戏,所有的戏词都能背出来、唱出来。如何调整?怎样重新结构?哪段是戏眼?烂熟于心,指挥若定。而他超强的记忆、超高的语言能力,延伸了他的思想,深化着他对生活的思考。维特斯根坦曾说,语言的边界就是"思想的边境",凡能被思考的东西都能被清楚思考,凡能被言说的东西都能被清楚言说。一个人语言的界限意味着他的世界的界限。而边发吉到过六十六个国家,使用多国语言,比较和提炼各个民族的文化特点,这让他的"界限"无比宽阔。

强大的记忆库存,为他的艺术创作提供了丰厚营养。

一年仲秋,边发吉陪同北京老领导去保定调研。文人爱荷,听说莲池书院种有白荷花,连夜去寻。乌云满天,书院停电,几个人就打着手电筒,来到池塘边。荷花被连日的雨水淹没,寻荷不遇。

老领导非常遗憾,大家也没了兴致。边发吉为了调剂气氛,提议命题赋诗。老领导说:"就以此时此刻的场景为题吧。"

"好,那就请您数着步伐。"边发吉主动请缨。

老领导慢慢悠悠数着数,踱步:"一、二、三——"刚数到"四",边发吉的诗已脱口而出:

京城荷花芳菲尽,冒雨驱车莲池巡。孤光束冷全不见,愁煞百里觅花人。

气氛一下子好起来，大家说：真是天才，今天可是超越了曹植而"四步赋诗"啦！

边发吉有点得意，又有点谦虚地说："无他，唯手熟尔。"记得有位著名的艺术家说过："艺术家是天生的，学者也是天生的，'天生'的意思，不是指所谓'天才'，而是指他实在非要做这件事情，什么也拦不住他，于是一路做下来，成为他想要成为的那种人。"我想，这或许正是他记忆的秘诀吧。

技

技，对于边发吉来说，可谓"曲不离口"。

不单单是修炼专业技术，为人处世、工作生活，他处处找"技巧"。甚至年轻帮妻子带孩子时，洗孩子的尿褯子，他都设计出了一套完善的"技术流程"，还时不时跟奶爸们分享。可见其"技"在各个方面都发挥到极致。久之，变成了工作进步的阶梯，变成了领导智慧、生存智慧，变成了人生之道。

1976年10月，边发吉调到河北省杂技团，依然精修琵琶演奏技艺。1980年，他参加了全国琵琶比赛并获奖。上海广播电台《星期日乐坛》，每周用四十五分钟专门介绍他的演奏和作品。不久，中央电视台又录制由中央乐团的乐队伴奏的琵琶专辑，叫《流浪者之歌》，收录了他十四首古今中外乐曲。专辑一出，火遍全国，他走在著名音乐家的坦途上。然而，杂技团不景气的现状，改写了他的人生方向。

20世纪80年代末，河北省杂技团出现了连年亏损。在改革开放的春天里，演员们面对微薄的收入，情绪异常低落。最困难的时候，差点被"收购"，改成"赵县雪花梨杂技团"。无奈之下，杂技团进行改革，招标承包。

那时，正值年轻气盛的边发吉是青年团支部书记。他决定也试一试，一夜之间就写好了招标承包方案，找到八条不足，提出八条改革办法。负责招标的评审小组，反复讨论，都感觉他能干。他爱杂技，目的和办法都是冲着杂技之"技"而"计"的，更有一份强烈的责任心作为支撑。在后来的一篇新闻访谈中，他吐露了当时的心声："为什么我最爱杂技？杂技最大的魅力是真实、真诚、厚道，敢于挑战极限，敢把命交到你手里。这种勇敢顽强、不畏艰难险阻的杂技精神不就是我们的民族精神！在漫长的历史长河中，有多少艺术门类消亡了，可是杂技历经三千多年依然存在。在河北省吴桥县，有这样的民谣：'上至九十九，下至才会走，吴桥要玩意儿，人人有一手。'说明杂技是多么深入人心。这么好的艺术，怎么能在我们手上没落呢？"

真要当团长了，好几位知心长辈却不支持他。他们说，自己到市场找饭吃，不拿国家一分钱，这个团长可不好当，怕耽误了一个音乐家呢。但有一位老朋友坚定地支持他，说："当了团长，多了主动权，你想干的杂技事业，就更能有起色。"

他骨子里的"江湖"和"义气"，也跑出来。一人说："干一行爱一行，找到杂技了，绝不背叛！不等不靠，铁了心，定能干好！"另一个人说："问心无愧去做，失败也没什么，'此处不养爷，自有养爷处；处处不养爷，爷回家住'，大不了从头再来！"

强硬决心，终于下定。

上任当天，召开全团大会，一个个点名，整顿纪律，修炼技艺。艺术家们，一天不练自己知道，两天不练同行知道，三天不练观众就知道了。特别是杂技，不刻苦磨炼基本功绝对不行！他坚持了强硬的态度，持之以恒。

他开始灵活地寻找机遇。

先解决钱的问题。这时候要"上蹿下跳"，八仙过海，尽显"技"

能。为了让杂技团得到去日本演出的机会，他辗转找到大使馆的熟人，又是背诗，又是写歌，又是写字，想方设法和人家搞好关系。终于拿到了去日本演出的机会，又抓紧时间练技术、整节目。没想到，一趟日本竟然挣了三十多万块钱，在当时这简直是个天文数字啊！那时一个公务员的月工资也不过四五十块，全团一年经费才二十多万，这笔巨款让大家对杂技事业信心倍增。

接下来和北京一家公司合作，去美国演出，却赔了八万块钱。他爽快地说：“赔的钱，不用那家公司出，我们团自己全出。"那家公司老总感动地说：“河北人太讲义气了，后面一定多跟你合作。"还发动相关的公司，都要支持河北杂技团。一来二去，机会增多。

不久之后，他在北京听到要选团去欧洲演出的信息，连忙坐了一夜火车，飞奔回团里，紧锣密鼓地筹备起来。迅速把沧州的两个杂技团拉来，成立了一个演艺集团，重新编排节目。去欧洲怎么表演？什么节奏？如何编排？如何吸引观众？没有专家依靠，导演也来不及请，干脆自己上阵导演。后来，欧洲演出竟然很成功，挣了一百多万美金，上交了国家一半儿，团里留了一半儿。大家工资节节上涨，边发吉的精神成倍增加。抓新节目，抓创新，立志让河北杂技光芒四射。

好日子过上，滑过了梦一样的时光。

忽然一天，在演出现场，一个熟人"观众"，用否定的口气，向杂技时空划下一道光。

他对边发吉说："杂技这个艺术种类不行，有技术，有掌声，但没故事，没文化内涵。刺激一下就完了，在越来越丰富的艺术种类中，怕是长不了！"

"一语惊醒梦中人。"边发吉乍听极不爱听，也不服气。但他早已深深感觉到，在新的历史时期，在现代和后现代交错期，文化传播方式发生了巨大的变化。过去是立体传播，垂直的、自上而下的、根状的，传播方向是单一的，话语权掌握在知识分子手里，你唱什么我听什么，你画什么我欣赏什么。但现在，传播方向成了双向，话语权掌握在读者和观众手里，任何一个单独的艺术种类要想生存下去，都面临着创新的考验。杂技是杂耍，竞技单一的表演模式，若等走到申请非遗的那一步，或许离消亡就不远了……

有评论家也说，杂技"只能有情趣，很难表现出情节"。边发吉心中较着劲：杂技艺术也应该有新形态、新面貌、新内涵与新故事。

识时务者为俊杰！要革命！

他仔细梳理中国杂技的历史和特点：中国杂技大约在新石器时代就已经萌芽。杂技使用的道具都是日常生活中的工具，盘子、碗、坛坛罐罐。在河北博物院里面，战国中山国成王厝墓出土的银首人俑铜灯，主体造型是一个青年男子，持灯耍蛇，进行杂技表演。王厝墓出土的十五连盏灯，有小鸟和玩耍的小猴在灯枝间游荡，树下有人俑，向上抛撒食物，像是在耍猴儿。这些出土文物都佐证了杂技表演的日常活动。秦汉时期，流行一种杂技节目——角抵戏。到东汉时，则形成了以杂技艺术为中心、汇集各种表演艺术于一堂的新品种——百戏。说书的、唱戏的、打把式卖艺的，各种杂耍，艺术种类十分丰富。百戏在唐代是一个高峰，到了宋代之后就开始裂变，越分越细……

他不断研究对比其他艺术门类的特点：旋律、和声、节奏是音乐的三要素，旋律是它的生命线，和声是它的空间，节奏是它的时间；电影是画面、声音、切换。杂技也是六个字：技巧、道具、造型。那么，又怎样保持杂技特点，融合其他艺术，从而更适合新时期的传播呢？

"讲故事！任何艺术门类，首先就是讲好一个故事，有情节，有人物，杂技也不例外。我根据实践，常常告诉学生们，找到故事的核心，抓住它，打磨它，不停往外扩。条条大路通罗马，靠自己创新发展。"

他这样讲，亦这样做。他让杂技从单一表演模式，走向综合艺术发展之路。像戏剧、话剧一样编排故事，像舞剧一样展示舞台视效，像变魔术一样重视道具和表演的新手法。

边发吉善于记忆，更善于学习，随时随地学习。他率团出国演出，每到一处，便观摩杂技，看歌剧、音乐剧、舞剧、话剧，于是迅速熟悉了很多国家的舞台艺术表现手段、地域文化和艺术理念。20世纪90年代，他专程到美国学习舞台调度、灯光、舞美等艺术手法，后又攻读北京大学硕士研究生，系统地学习了中西方艺术学、美学和哲学。

就这样，在他的试验田里，多种舞台艺术交融，杂技剧长出一个又一个艺术奇葩：

《清宫乐韵》，故事发生在康乾盛世，杂技演员们穿上旗袍，穿上寸子，人物形象打造出来，有情趣有情节，完整地表达故事，再将杂技技巧糅合进来，音乐舞美搭进来，更烘托出技术的高难、意味的深厚。这台融合中华民族文化符号的节目，既好看，又好听好玩，在中国吴桥国际杂技艺术节比赛中获得了金狮奖。后到巴黎，参加法国"明日"国际杂技节，获得所有节目最高分，拿到法兰西共和国总统奖。

《天缘》，表现自然美，人与天、人与地、人与自然万物相互依赖、和谐共存，理念来自老子思想。

《百鸟衣》，把壮族的鼓融合进去，杂技蹬鼓，敲大鼓钻圈，空中叠起，跟人物紧密结合起来，与情节勾连起来。

……

彼时，文化的中国一片生机盎然，文化产业园区不断崛起。边发吉于2005年，在广州长隆导演了长隆大马戏，把马戏和当地文化结合起来，名字叫《森林密码》。直到今天，那台杂技主题晚会，依然是产业园里的重要支撑，长演不衰。

杂技剧蜂拥而起，在全世界铺开。

"离经叛道开新径，违师背典出奇章"，边发吉总结经验之谈，同时用著述完善着"技"的理论。他与周大明合著了《杂技概论》,一经出版,杂技界"洛阳纸贵"。此书填补了国内乃至世界杂技艺术理论的空白,是杂技艺术史上一项重要的研究成果。此外,他还主编了《河北杂技》《吴桥杂技老照片》,梳理了河北杂技发展史,让江湖艺人的光彩闪耀史志篇章。

梦

杂技,让边发吉实现了江湖梦。

1999年10月,第七届中国吴桥国际杂技艺术节,在刚刚落成的河北省艺术中心举办,自此,该艺术节正式升格为国家级艺术盛会。数以万计来自世界各地的艺术家,踏上了吴桥之"桥",通过"东方金狮"了解河北,了解中国,"坚定文化自信、讲好中国故事",这桥梁今天仍然发挥着巨大作用。

每每走过这所艺术殿堂,边发吉目光里都有欣慰在跳荡。是啊,杂技的每一步辉煌,他都是重要的筹划者、推动者和参与者,虽苦虽累,却也收获梦想与甜蜜。当年那个看杂技的孩童,成长为国家一级编导,全国政协常委、河北省政协副主席、中国文联副主席、中国杂技家协会主席……这些称谓和高位,没有让他飘飘然,履历表里始终填写"出身农民,初中学历"。这些头衔,也没有遮挡率真的目光,他总说:"最大梦想还是创作出更好的、被老百姓喜爱的作品。"

桃李春风一杯酒,江湖夜雨十年灯。

他牵挂的江湖梦又在哪里?

中国,河北,吴桥,古老杂技起源的地方,1993年建成了"吴桥杂技大世界"。天下杂技第一乡,这里杂耍、马戏等软活儿、硬活儿都齐全。"如果全世界同行来朝拜这个地方,让他们看什么?"边发吉在思考着,行动着,导演着质朴而精彩的《江湖》梦。

艺苑杂谈

2017年10月6日，第十六届中国吴桥国际杂技艺术节开幕，来自美国、法国、俄罗斯、埃塞俄比亚等国家的近百名杂技演员，和中国演员一起"吴桥故里行"，一出全新改版的大型情景杂技剧《江湖》开场了。

串线人物"四大江湖"巾、汉、粒、抟（江湖行话。巾：打卦算命的；汉：卖大力丸的；粒：变魔术的；抟：说书唱戏的）穿插舞台，问答式道白：

"哪儿的？吴桥的。吴桥做吗的呀？耍杂技的。耍杂技干吗呀？挣钱儿啊。挣钱儿干吗呀？娶媳妇。娶媳妇干吗呀？养活孩子。养活孩子干吗呀？耍杂技！走着——"

幽默诙谐的方言，让人忍俊不禁；朴素而富含哲理的语句，让人过耳难忘。

接着，表演吴桥杂技在旧中国撂地摊儿行侠仗义，扬帆出海到东南亚的艰辛，最后用红色的舞中幡，反映著名杂技人孙福有在欧洲演出的一段辉煌。全剧以绚丽的"四度空间"舞台效果、奇幻的LED背景，用杂技、魔术、武术、歌舞、时装秀等艺术形式表现了跌宕起伏的故事情节。

这场"跳出杂技说杂技"，这场思想性、艺术性和观赏性俱佳的中国杂技文化盛宴，给人一种"想象之中，意料之外"的艺术震撼和艺术享受。《江湖》由此成为"河北必看"。

边发吉说，他做杂技艺术，从不言败。他相信，杂技艺术凝聚着中华民族最深沉的精神追求，传递着中华民族独特的精神标识——坚韧不拔，积极向上，不畏艰难，勇攀高峰，以及义气和信任。至于他带领下的中国杂技发展之路，究竟对不对？还需等历史来考验。

境

茶汤渐淡，话题变换，大家谈兴正浓。不知何时，"梦"已入"境"。

艺术家的梦想，反映到他的作品当中，情景再现，意境传递，境界提升，是最终也是最想实现的。然而，提升一部作品的境界何其难哉！

2017年的新春假日，一家宾馆的房间里，边发吉和北京市京剧院的创作人员，或坐，或躺，或争执，或商讨。这是边发吉喜欢的自由、轻松的创作状态。文艺创作不是谁官大听谁的，要各抒己见，他最喜欢年轻人说想法、提问题。此刻，大家在为京剧《狼牙山》绞尽脑汁。院长李恩杰很发愁，这部为建军九十周年献礼的红色大戏该怎么拍呢？狼牙山五壮士的英雄事迹家喻户晓，八一电影制片厂早就拍过电影，而今，又怎样才能让年轻观众更喜欢呢？

作为该剧的艺术总监，边发吉依然是老主张："小舞台、大境界。"主旋律作品光喊口号没用，一定要实实在在地讲故事，要用真情打动观众。

一面，剧院精心挑选优秀的青年京剧演员担任主演。这些年轻人多次赴河北省易县狼牙山采风，登山，入村，座谈。一面，边发吉在家中徘徊踱步，一段段哼着唱词，时而高亢，时而柔婉……

反反复复，复复反反，这部大戏历时九个月，剧本十二次易稿！

最终，边发吉拍板：倒叙，强开！

一声河北梆子的高亢嘹亮道白："狼牙山！"幕布打开了一部"战争大片"：古树苍劲，山崖险峻，炮声隆隆，巨石纷飞……现场气氛悲壮紧张，五壮士弹尽路绝，决定慷慨跳崖。接着，舞台气氛舒缓，闪回，马宝玉与恋人枣花送别，胡德林与母亲唠嗑，时空转换，如同"穿越"。"老大娘给我端上一碗热腾腾的疙瘩汤，嘿！那葱花炝锅的味道直往鼻子里钻，哎哟，那个香哟！当天夜里，大娘把给儿子结婚用的新布料裁下来，亲手缝在我那件被战火烧破的军衣上。归队那天我给大娘磕了个响头，哭着叫了一声娘！边区的老百姓对我们太好了！那儿的老乡们都在唱一首歌……"

慷慨悲壮的民歌响起"最后一碗米,送去做军粮……",台上台下无不动容……

饰演马宝玉的张建峰接受媒体采访,无比感慨地说:"最后时刻,当五壮士毅然决然走向莲花峰山顶绝壁时,五个人眼含热泪、略带哽咽地说:'我,葛振林,二十四岁,河北曲阳人;我,胡德林,十九岁,河北容城人;我,胡福才,十八岁,河北容城人……'这段'五壮士自报家门',真实的'五壮士'似乎和舞台上的'五壮士'结合在一起,最令人心酸、震撼,观众的眼泪随着演员的表演不自觉地流下来,现场气氛瞬间到达顶峰。"

演员沈文莉(饰演母亲)回顾创作时说:"正是有千千万万这样的英雄不惜牺牲自己的性命,舍生忘死地保家卫国,才换来了我们现在的和平与安宁。参与创作演出,既是一次革命传统教育,也是一次思想境界和精神上的洗礼。"枣花扮演者陈张霞说:"创排演的过程中我一次次地落泪,这样的经历让我不断接受洗礼,悄悄地改变着我的人生。我相信我们还会不断地演下去,因为这是使命和责任,这也是这部戏的真正意义和力量!"

《礼记》讲"乐"的作用说:"可以善民心,其感人深,其移风易俗。"《狼牙山》演出了"信仰的光芒、英雄的气概、凡人的悲喜",无论年老与年轻,无论朴素与时尚,面对红色"大片",无不壮怀激烈,人心站上了艺术高地,精神境界自然地被抬高。

说到人生境界,边发吉尤为感慨,他提到了20世纪80年代写下的一首词。

那年,他出差到南通市,这里平原开阔,万里长江滚滚东流。一日,风大雾浓,他裹着军大衣,到江边登高望远。下山时候,脚下一绊,仔细一看,原来是唐初四杰骆宾王之墓碑!他心潮起伏,从小背"鹅鹅鹅,曲项向天歌",原来他崇拜的这个老先生睡在这里呀!他感慨万千,想起岳飞《小重山·昨夜寒蛩不住鸣》，于是，填词《小重山·驻长江边怀古》：

风浪号天伫江边，千里锁云烟。多少年，滚滚到海不复还。忆往事，载没几沉船。

帝王将相子，残骸守荒冢，谁成仙？不尽激流人世间，莫归去，采菊见南山。

他借这首词来抒发心志，既不是岳飞的"知音少，弦断有谁听"，也不是陶渊明的《归去来兮》，看破红尘，彻底逃避；而是有了自己的想法，有了一种豪迈的情怀：人生不易，来都来了，莫归去，一定要在自己喜欢的事业上大干一场！对待功名利禄，他则很简单，"要想要，得不到；不想要，能得到。想要非要要，一笔全勾销"。他推崇荀子《劝学篇》里的道理，"积土成山""积水成渊""积跬步""至千里""蚓无爪牙之利，筋骨之强，上食埃土，下饮黄泉，用心一也"，专心于自己的事业，不争不抢，终有所得。身处浮躁的社会，又要如同陶渊明那样，采菊见南山。

可以说，驻足长江边的那一刻，这位十六岁就能讲《中国通史》的青年人，豁然开朗，一下子胸襟变大、境界提升，从历史中升华出来，找到了自己的未来。

他那样写，也那样做。"结庐在人境，而无车马喧"，他激情闯荡江湖的事业轰轰烈烈，他展现英雄气概的人生丰富多彩，他闪烁信仰光芒的内心安安静静。

美

"艺术的终极是美。"

从艺近半个世纪，边发吉找到这个肯定的答案。

美是什么？沈从文先生曾说，美是不固定无界限的名词，凡事凡物对一个人能够激起情绪、引起惊讶、感到舒服，就是美。这个美也许是"大漠孤烟直，长河落日圆"的慨叹，也许是"深夜到银灰色的旷野里寻找一匹蚂蚁"的别致体验，或许是小桥流水、春江花月的自然和谐之美。美，虽然是宽泛的概念，但人们对艺术的审美经验、审美习惯、审美逻辑的形成是递进的，对美的无限追求，是大众审视你的艺术作品的时候肯定要去权衡的。

边发吉在《杂技的力与美》讲座中，首先提到，人类创造的一切文明成果就是文化，文化之上是艺术，艺术的终极是美。人们得到了审美就得到了愉悦、健康以及最大的幸福。要通过培养人们认识美、体验美、感受美、欣赏美和创造美的能力，从而使我们具有美的理想、美的情操、美的品格和美的素养。

美育实践和美育意识古已有之，在中国，春秋末期的孔子，教授子弟诗书礼乐，奠定了中国古代美育的思想基础，形成了中国的美育传统。中国近代，蔡元培先生说，美育者，应用美学之理论于教育，以陶养感情为目的者也。

基于这种传统美育的特点，边发吉在创作杂技、戏剧作品时，围绕"知、情、意、行"，在追求教育功能最大化的同时，把"美"作为目标追求。

对美的追求，他始终保持着自己的清醒与探索。他说："对于斯坦尼斯拉夫斯基，我尊崇也不尊崇，学习西方的艺术，为的是把它融合到中华优秀传统文化艺术精神当中。"

斯坦尼斯拉夫斯基的戏剧体系主张"生活中的我和艺术中的我是一个我"，通过逼真的生活化的表演再现生活。中国梅兰芳戏剧体系则很不相同，非常注重写意的表现方法，富有意境美。舞台上一桌两椅，甚至连个布景都没有，演员拿着马鞭一挥，八百里已经回家了。后来斯坦尼斯拉夫斯基和布莱希特看了中国的戏剧，也不由得夸赞，中国人太聪明了，梆子敲几声，双手空中一推，门就开了，完全是假定、虚拟。所以，"程式化的写意的戏曲表演艺术有突出的形式美，有很强的观赏性"。

由此，边发吉提倡发扬中国传统艺术之美，把实践得来的精华讲给学生们："从舞台上，横三度，竖三度，进深三四五六度，假定、虚拟、写实，时空自由流转，台中台、戏中戏，多角度、多中心、多视点、多层面，以京剧艺术为核心，融合其他艺术，创造新的文化生命体……"

他常常在杂技剧演出的时候，去看观众有没有打哈欠的，有没有刷手机的，有没有交头接耳的，观众的"灵魂"是否在跟着跑，如果有，是不是结构不够好？是不是节奏没有把握好？是不是传递的美感还不够？

"现在的杂技剧太美了！"

听到观众由衷的褒奖，边发吉最是欣慰。他依然追求极致，"醉步也要美，百衲衣也要美"，提倡不拘一格，"甚至用一种什么语言都表达不出来的一种场景"，把意境之美这一传统审美习惯表现到极致。比如，河北梆子舞台上，表现伟大的豪放派词人辛弃疾压抑的心情，秋风萧瑟叶飘零，词人仗剑畅饮，步履蹒跚，放荡不羁，最后一阵仰天大笑，来结束这个无奈的人生……

艺无止境，美无止境。

舞台探索，社会观察和思考，边发吉始终对审美取向高度关注和重视。他说，审美取向甚至包含着政治的、军事的、经济的、社会意识形态的多方面的因素，考量一个人的文化状态、精神状态，甚至健康状态。

中国的审美在汉唐，都是比较丰盈大气的，无论是诗歌、音乐、书法，或豪壮或优雅，无不"渗透着世间的欢快心音"，具有饱满的生命力。到清代，《红楼梦》写贾府由盛到衰的悲剧，这个大的社会背景虽然有它的社会价值和艺术价值，但是许多专家学者提出，《红楼梦》的悲剧不在于一个大家族的毁灭,而在于曹雪芹提出了一个审美理想的破灭,是"美的悲剧,美的毁灭",曹雪芹拿着"有情之天下"的审美理想,左冲右突,但在当时的社会条件下,必然要失败,必然被毁灭……

天色渐晚,作家们在工作室里的访谈,却随着审美问题的讨论,愈加兴致盎然。

"对美的追求,您能给一点什么建议呢?"对于我们的提问,边发吉又一次没有正面回答,而是声情并茂,背诵了宋代张孝祥《念奴娇·过洞庭》:"洞庭青草,近中秋、更无一点风色。玉鉴琼田三万顷,著我扁舟一叶。素月分辉,银河共影,表里俱澄澈。悠然心会,妙处难与君说……"

大自然的美,去悟;艺术之美,去悟;大道至美,去悟。

刊发于2024年4月1日河北省文联微信公众号

第四辑

剧目晚会篇

杂技剧《江湖》

吴桥是中国杂技的故乡，世界杂技的摇篮。"上至九十九，下至才会走，吴桥耍玩意儿，人人有一手。"悠悠的运河古道，孕育了千年的吴桥杂技文化，形成了杂技的江湖精神。江湖，是一种梦想，是一种对人生理想的追求，是对未来美好生活的向往……

杂技剧《江湖》由边发吉担任总策划、总导演，杜燕峰任执行总导演，谢玮瑜、李志新、段亚勋任编剧。该剧以"四大江湖"巾、汉、粒、抟为主要串线（巾：打卦算命的；汉：卖大力丸的；粒：变魔术的；抟：说书唱戏的），以吴桥杂技历史为背景，以杂技及其他姊妹艺术为表现手段，再现吴桥杂技艺人的人生百态，展示吴桥杂技艺人踏遍世界各地的风采，彰显吴桥杂技艺人的江湖精神，体现吴桥人对中华民族传统文化精神的伟大传承。

该剧分一序一尾三大幕，表演时长九十分钟。三幕剧情讲述了吴桥杂技从无到有、从国内到国际、从谋生手段提升到艺术高度的蜕变，再现吴桥杂技艺人闯荡江湖、行侠仗义的人生百态和他们踏遍世界各地的风采，深刻诠释了杂技作为江湖艺术的文化丰富内涵，同时也歌颂了吴桥杂技和杂技艺人对中国乃至世界杂技艺术作出的突出贡献。序：茫茫宇宙、开天辟地，杂技始祖吕洞宾乘五彩祥云而来，"巾、汉、粒、抟"四大江湖人物相继出现，体现了吴桥杂技历史悠久、源远流长。第一幕：展现了运河两岸熙攘热闹的街市场景和吴桥杂技的繁荣景象，吴桥杂技艺人各自展示绝招绝活，却遭泼皮纠缠，"汉"挺身而出，行侠仗义。第二幕：吴桥杂技艺人乘风破浪来到具有热带风情的东南亚，"粒"与东南亚少女倾心相恋，并与异国大魔术师同台竞技，各自展示绝学，促进和加强了中外艺术交流和友谊。第三幕：万国博览会上，"巾、汉、粒、抟"四大江湖人物向世界展示吴桥杂技艺术的技艺和魅力，惊险绝伦的吴桥杂技受到各国称赞。尾声：斗转星移、四季变化，身着科幻服饰的杂技人向着璀璨的星空飞去。寓意吴桥将不断涌现出更多的杂技新秀，把吴桥杂技继续发扬光大，走出中国、走向世界、奔向未来。

杂技剧《江湖》自上演以来，成功获得2016年度国家艺术基金三百万元支持，同时，被文化和旅游部评为第十一届全国杂技展演优秀剧目，被

《江湖》剧照一

《江湖》剧照二

中国杂协评为"第三届、第四届中国杂技艺术节优秀剧目",被河北省文旅厅评为"河北省不得不看的精品演出"等。同时,来自中国杂协、中国影协、中国曲协、中国视协专题研讨班的专家、老师们特意前来观摩演出,对该剧给予高度评价。新华网、网易、搜狐、中国网、长城网等多家媒体和网络资源媒体进行同步报道。目前,该剧已成为吴桥杂技文化旅游的一大品牌。

大型魔幻舞台剧《黄粱梦》

大型魔幻舞台剧《黄粱梦》改编自邯郸成语典故"黄粱美梦",是一出集戏剧、魔术、杂技、舞蹈等艺术门类于一体的新型舞台剧,荣获第九届中国艺术节优秀剧目参演奖,入选2010—2011年度国家舞台艺术精品工程年度资助剧目,荣获第十届中国艺术节"文华奖"。该剧由边发吉担任总导演,集中了国内优秀的主创人员,历时两年,耗资2000余万元打造而成。

故事讲述的是唐代青年卢生进京赶考,路过邯郸道旁的一个小店。神仙吕翁正好也路过这里,看到卢生求取功名心切,便有意点化。当卢生想睡觉时,吕翁给他一个枕头,卢生便做开了好梦。卢生在梦里考中了状元,被皇帝招了驸马,出将入相,享尽富贵荣华,实现了自己的所有志向,同时,在不知不觉中他变成了一个无恶不作的权贵。突然有一天,卢生被皇帝治罪,荣华尽失,命断法场,灵魂被打入地狱受审。卢生此时追悔莫及,感慨良多。卢生梦醒,店婆煮饭刚熟。卢生由此悟得人生真谛,或去或留,皆有余味。

《黄粱梦》用当代人的视角,洞穿了中国知识分子的千年梦幻,揭示了人类的大生大死、大福大祸、大彻大悟,深化了反腐倡廉主题,启迪人们重新审视自己的人生态度。国家舞台艺术精品工程评委给出的评语是:"该剧大胆创新、兼容并蓄,以滑稽、荒诞的艺术手法,对古老的传说进行了全新演绎,真实再现了传统知识分子的命运轨迹,不仅嘲讽了他们为功名和欲望所诱惑的扭曲人生,也嘲讽了造成他们灵魂扭曲的封建文化。

《黄粱梦》剧照一

《黄粱梦》剧照二

全剧把魔术、杂技、音乐、舞蹈等艺术形式与戏曲有机结合起来,丰富了表现形式,增强了观赏性,拉近了戏曲与当代观众的距离。"文化部原部长王蒙评价说:"该剧的艺术创新,可能是戏剧界的一场革命,该剧对当代戏剧表演手法的改革进行了探索,应在我国戏剧发展史留下浓重的一笔。"

《黄粱梦》剧自2009年4月在省会石家庄首演以来,先后在北京长安剧院、北京大学、广州第九届中国艺术节、江西抚州汤显祖艺术节、秦皇岛等地演出六百余场,场场爆满,好评如潮。为此,该剧还参加了河北省为李长春同志调研时组织的专场汇报演出,并应邀登上了央视"我要上春晚"栏目。中央电视台新闻频道用长达三分十五秒的时间对该剧在京演出盛况进行了报道,《人民日报》用半版刊登了"小剧种如何登上大舞台"的专题,江西《抚州日报》用"大型魔幻舞台剧《黄粱梦》震惊临川"对该剧在汤显祖艺术节上的成功演出进行赞誉。目前,该剧已成为邯郸市乃至河北省一张靓丽的文化名片,加入中国保利院线并在全国巡演,还准备打造多语种版本,将该剧推向世界舞台。

大型壮族魔幻杂技剧《百鸟衣》

大型壮族魔幻杂技剧《百鸟衣》由广西杂技团有限责任公司出品,边发吉任总导演,一级编剧、广西戏剧家协会主席、广西艺术创作中心主任常剑钧担任编剧。

故事讲述的是远古羽人部落,壮族人文始祖布洛陀昭示铸鼓人古卡,要他将铜鼓上蕴藏着壮家幸福密码的纹饰描绘到花山千仞绝壁之上,让它与日月同辉,启示后人。古卡邂逅承担着同样使命、已幻化为壮家姑娘的

《百鸟衣》剧照一

太阳鸟——依俚，他们一见钟情，互吐衷肠。古卡率乡亲们攀缘绝壁作画，但因绝壁险峭，屡屡受挫。心急如焚的依俚召来百鸟献出彩羽，编织成百鸟衣。古卡身穿百鸟衣，在花山绝壁上自由翱翔，挥毫作画。旷世奇作花山壁画横空出世，柔情万种的依俚魂归太阳……

本剧为2015年度国家艺术基金资助项目，先后荣获第九届广西戏剧展演"桂花金奖"、广西文艺创作铜鼓奖、第三届中国杂技艺术节"优秀剧目"奖、广西第十四届精神文明建设"五个一工程"优秀作品奖，入选上海"第十二届中国艺术节"优秀参展剧目、"第十届全国杂技展演"优秀参展剧目。核心节目《蹬鼓》获得2016年俄罗斯莫斯科"偶像"国际马戏艺术节银奖、第十二届武汉国际杂技艺术节"黄鹤杯"金奖。2018年赴新加坡参加第二十五届"春城洋溢华夏情暨欢乐春节"演出，同年赴香港参加庆祝香港回归二十一周年暨庆祝广西壮族自治区成立六十周年系列宣传文化活动。

《百鸟衣》剧照二

大型杂技剧《梦幻西游》

大型杂技剧《梦幻西游》依据我国经典名著《西游记》创作而成，以杂技艺术的表演形式演绎深入人心的西游故事，以此来揭示中国文化天人合一、包容忍让、积极向上、和谐共存的思想理念。

该剧由深圳市委宣传部、深圳市文联、深圳市文化局、宝安区委、宝安区政府、宝安区委宣传部、福永街道办事处等单位联合策划，斥资千万，由深圳福永杂技团历时两年（2006—2008年）多时间创编、打造而成的精品力作。本剧由边发吉提出创意并担任总导演，刘丽霞任导演，杨若章、许璇任编剧，由一级编导、一级舞美、一级作曲、旅法著名服装设计大师等联手创作，是深圳打造的第一台杂技剧目。

《梦幻西游》截取了"龙宫借宝""大闹天宫""三打白骨精""火焰山"等《西游记》经典故事，在形式上大胆创新，用舞蹈、戏曲、魔术等多种艺术形式与当代杂技巧妙嫁接，融为一体，使艺术品位和技巧绝活相得益彰、完美体现。用台中台、戏中戏、多中心、多角度、时空自由流转的后现代主义表现手法，规定场景、展现人物、彰显个性、弘扬主题。采用浪漫主义的大写意手法，突破原著人物情节的约束，不拘一格、自由想象、大胆创新、竭尽全力地拓展艺术表现空间。在表现手法上广收博彩，包容众长，并竭力创造全新的艺术形式，构成一台令人耳目一新、多姿多彩的新型剧目。该剧多次赴国内外巡演，演出长达十余年，先后荣获第七届全国杂技比赛文华杂技剧目创作一等奖、第七届中国杂技金菊奖优秀剧目奖、深圳市精神文明建设重大成果奖、宝安区2008—2009年宣传文化工作突出贡献奖，核心节目《晃圈》《柔术》均获金狮全国金奖及摩洛哥国际比赛"金K奖"，《四人顶技》获得法兰西共和国总统奖。

《梦幻西游》剧照一

艺苑杂谈

《梦幻西游》剧照二

新编京剧现代戏《狼牙山》

新编京剧现代戏《狼牙山》是北京京剧院2017年的重点创作剧目,由一级编导边发吉、一级编剧杨舒棠、一级导演王青、一级作曲朱绍玉联袂打造,是对中国人民解放军建军九十周年的献礼。

全剧由序幕和五场戏组成,第一场"诱敌深入",第二场"雷阵歼敌",第三场"布阵思亲",第四场"生死抉择",第五场"最后时刻"。该剧以1941年晋察冀边区反扫荡中的狼牙山战斗为背景,用倒叙方式开场,从跳崖前的入党仪式切入,回忆这次艰苦卓绝的战斗,还原了八路军五壮士在掩护党政机关和老百姓转移的过程中,与三千多日伪军进行牵制战的英勇事迹和心路历程。

全剧用京剧程式化的表现手法,采用动静融合、悬念设置、时空交错等现代叙事技巧,结合精准的心理刻画,将五位壮士的恋人情、夫妻情、母子情和共赴国难的英雄豪情多维度、多层面地呈现在舞台之上,塑造了有血、有肉、有情,生动而丰满的五壮士形象,展现了中华儿女不畏强暴,血战到底的英雄气概和视死如归、宁死不屈的民族气节,彰显了中华民族威武不能屈的浩然正气。

该剧参加了2017年北京金秋优秀剧目展演。

河北梆子新编历史故事剧《长剑歌》

河北梆子新编历史故事剧《长剑歌》由边发吉任总导演，杨舒棠任编剧，河北梆子剧院演出。故事讲述的是南宋年间，金兵南侵，辛弃疾与恋人江贞清晨舞剑，决心光复河山。韩多谋奉旨招抚义军南归，危难之时被江贞等人救下，义军将领思渊携地形图投奔金国，辛弃疾生擒思渊，二人就此情断义绝，分道扬镳。辛弃疾携图归营，义军内部已发生叛乱，义军首领耿京惨遭杀害，江贞在混乱中失去下落，辛弃疾连夜突袭金营，血刃叛贼，毅然率部南归。十五年后辛弃疾组建了"飞虎军"，待命北伐中原……公堂之上，辛弃疾与恋人江贞意外重逢。岁月沧桑龙泉依旧，一官

《长剑歌》剧照一

《长剑歌》剧照二

一囚物是人非,情急之下韩多谋步步紧逼,江贞自戕身亡。二十年后的一个深秋,辛弃疾在夕阳下挥剑起舞,感慨万千……他将胸中激愤倾泻在对酒的"檄文"中,他的满腔报国之情,化作了一篇篇沉雄豪放的辞章。他的生命轨迹透视出人生况味,撞击出历史的光亮。辛弃疾从理想中的抗金将领,转化为现实中的爱国词人。

该剧目先后荣获河北省第七届戏剧百花奖优秀剧目奖、第十一届河北省文艺振兴奖作品奖、第八届河北省戏剧节优秀剧目奖。

原创交响锡剧《天涯歌女》

　　原创交响锡剧《天涯歌女》由常州市委宣传部、常州日报社、常州市文广新局与北京好风好雨文化艺术有限公司共同发起,边发吉任总导演,苏叔阳任编剧。

　　以常州人"金嗓子"周璇为主角,其故乡常州为全剧背景,以个体故事折射时代发展轨迹。该剧的创作初衷,是以乡音唱乡贤,在创新中寻求锡剧传承与发展的新路。

　　《天涯歌女》以地方戏锡剧为核心,混搭了魔术、杂技、现代舞、现场交响乐伴奏、合唱团伴唱等多种艺术形式于一体,舞台呈现也显现了三重结构:在纱质面幕上配巴克投影灯,加上灯光效果和天幕,营造出"小舞台大世界"的感觉。

大型杂技主题晚会《故乡》

该剧目是为1997年第六届中国吴桥国际杂技艺术节创作的杂技艺术综合晚会,由边发吉任总策划、总创意,门文远任总导演,许淑娥任艺术指导,王家朋、刘丽霞、李驰任导演。

全剧共分"梦之幻""故乡的梦""故乡的云""云之翔"四部分。序曲"梦之幻"中,象征"杂技之乡"的镇海吼铁狮造型笼罩着一层金色的梦幻光环,金狮上的少女、板凳上的顽童,加之数仙女簇拥着数十位杂

艺苑杂谈

《故乡》剧照一

《故乡》剧照二

技演员"八仙过海,各显神通",多层次的杂技造型和欢乐场面,把童谣"上至九十九,下至才会走,吴桥耍玩意儿,人人有一手"的内涵加以艺术再现,一展杂技之乡人民对美好生活的追求与向往。

第一章"故乡的梦"又分"佛光玄照""蝶情""荷花出水""清宫韵"四部分。"佛光玄照"中撼人心魄的皮条等高空动作,被蒙上了东方古老的神秘色彩。"蝶情"中手持转碟的姑娘们穿梭在鲜花丛中,轻盈、舒展,恰似彩蝶纷飞,伴着小提琴协奏曲《梁祝》那如泣如诉的动人旋律,梁山伯和祝英台在鲜花和蝴蝶中舞蹈,演绎着我国古代这一美好的爱情传说。"荷花出水"中少女们手托娇翠欲滴的荷花瓣翩翩起舞,四位少女在徐徐绽放的荷花蕊中蹬起了大缸、方桌,飞旋的道具似怒放的花蕊争相斗艳。"清宫韵"中顶技、晃梯、蹦梯等高难技巧被赋予雅典、高贵的宫廷情调,加以点缀。

第二章"故乡的云"分"森林之王""竹林嬉戏""圣坛""出征"四部分。晨曦中雄狮们醒来,抖毛、舔爪、摆尾、翻滚、喘息、憩息,

"太狮"领着"少狮"嬉戏，表演走梅花桩、彩球过跷跷板等高难技巧，面对轰鸣的雷声它们仰天长啸，显示着"森林之王"征服世界的威力。以空竹为载体的"竹林嬉戏"，把姑娘们劳动之余在田间地头玩耍、切磋、传授杂技技艺的情景展现在观众面前。"圣坛"把传统杂技"耍坛子"和原始部落的祭祀形式巧妙地组合在一起，表达了人类对美好未来的共同期盼。三十余名战士的中幡表演把观众带到遥远的古战场，叉光戟影的飞叉，手持刀剑、盾牌的武士们把"出征"前精神抖擞、所向披靡之势表演得淋漓尽致。

尾声"云之翔"把燕赵儿女对杂技艺术的美好祝愿推向高潮，六十名少女流动成一片云海，继而从云海中骤然拱起一座由几十名演员搭起的拱桥，滚滚的云海中金狮戏耍，男童翻腾翱翔，这拱桥既像伫立在燕赵大地上闻名于世的赵州桥，又似把吴桥艺人、燕赵儿女、中国人民和世界各国人民的心紧紧地连在一起的友谊之桥。

《故乡》营造出甘如浓酒的乡情和古老悠远的神奇意境，播撒着友谊的火种，期盼着杂技艺术美好的明天，表达了对中国吴桥国际杂技艺术节最真挚的祝福。

大型杂技主题晚会《奥运情缘》

在由文化部主办的"2008北京奥运重大文化活动"和"迎奥运·河北文化北京行"演出活动中,由边发吉任总策划、总监制的大型杂技晚会《奥运情缘》作为全国一百三十八台剧目中的五台杂技晚会之一,以其惊、奇、险、绝征服了首都观众。

该晚会汇聚了《雏凤凌空——女子集体车技》《追星逐月——流星》

《奥运情缘》剧照一

《诗画韵——蹬伞》等在国际上获得大奖的精品节目。晚会体现了情感流淌、智慧闪烁；体现了和谐的杂技艺术同体育的力量角逐、速度比拼、健美展示的融合；体现了河北杂技同北京奥运的融合；体现了人文奥运的理念。十几个不同类型的节目用一条主线巧妙地串联在一起，这条主线就是"奥运情缘"线。点（每个节目）、面（整场晚会）、线（奥运情缘）形成有机的结合，把有限的舞台时间、空间以无限的拓展，使舞台形成了一个疏密得体、气韵生动的表情达意的场所。晚会节奏时而平缓流淌，时而浪高湍急，时而在平缓中异峰突起，时而在高潮中回落到平缓，给人一气呵成的感觉。晚会展示了无比的青春、亮丽，生机勃勃，向着未来，勇往直前。晚会紧扣奥运主题，自始至终是在喜庆、欢乐气氛中展开，表达了河北人民喜迎奥运、为北京奥运祈福的美好愿望。

艺苑杂谈

《奥运情缘》剧照二

部分精品杂技节目

《集体武术》

在第二届中国吴桥国际杂技艺术节中，河北省杂技团40人表演的《集体武术》，以其磅礴的气势、雄健之美、整体性的力量给人一种深刻的审美感受。该节目突出新、难、奇、美的杂技创作技巧。10组技巧组合错落有致，强调"力技"的内在气质，用音乐节奏的流程规范编排技巧组合，调动舞台画面，使每一个"力技"造型如一首首或流动优美或激越奔腾的壮丽诗篇。三十七人组成的"十字旋转牌楼造型"流畅壮观，二十二人搭起的三组"龙头造型"威武逼真，十六人连成延绵起伏的三座稳定性"大桥造型"，桥面上五人倒立的技巧设计，十分新颖别致，加之"蹬七五孔""驮双舌龙头"和"九人戳造型"等高难度创新组合造型，显示了编导、演员深厚的功力。该节目1989年获第二届中国吴桥国际杂技艺术节金狮奖。

《圣坛祭》

《巧耍花坛》是河北省杂技团的优秀保留节目，1985年第一届河北省杂技比赛中，郭希贞的表演获二等奖。陈书镇传承出新，利用他的"跟头"底子好的优势，经过一年多单调枯燥的顶坛技巧苦练，把各种"跟头"与顶坛技巧有机

《圣坛祭》剧照一

地结合在一起，一改"耍坛子"的传统套路，文活武演。他先练"手捻后滚翻""前滚翻接砸脖""抢背脚接缸"等技巧，七斤多重的瓷质花坛和十六斤重的大缸被他运用得随心所欲、得心应手。1989年获第二届中国吴桥国际杂技艺术节特别奖，1991年获第一届意大利米兰国际马戏节铜奖。

由边发吉策划、刘丽霞编导、陈书镇主演的《圣坛祭》对杂技、舞蹈、音乐、服装、灯光、道具等进行了有机融合，对《巧耍花坛》节目进行了大胆的探索。该节目表现了一个原始部落，为狩猎的喜悦，姑娘们燃起了希望的篝火，跳起激越的舞蹈，部落首领面对苍天，倾诉心愿，祈求上苍保佑部落繁衍生息、人丁兴旺，表达了人类世世代代对美好未来的共同期盼。该节目以浓重的黄色、旷远的拟人声响伴着现代音律，营造了华夏民族的远古氛围，用粗犷的旋律、淳朴的律动，加之"抖轿子前空翻接坛""甩高前空翻接砸脖""叠筋蹬缸砸脖"等首创技巧的准确无误，使远古的图腾歌舞和原始的祭祀仪式糅合在一起。别出心裁的构思、返璞归真的表演，为"耍花坛"单一的技艺展现赋予了深邃的内涵和新的生命力。该节目荣获第五届中国吴桥国际杂技艺术节金狮奖。

艺苑杂谈

《圣坛祭》剧照二

《四人顶技》

《四人顶技》剧照

《四人顶技》是河北省杂技团二十多年来创新、磨炼、力推的精品。该节目将晃梯、顶技两种技巧融合为一体,编排成为一个新颖的节目,不仅展示出演员惊人的技巧和平衡能力,更显示了编导勇于探索、大胆创新的审美追求和艺术功力,于1987年底获第二届河北省"文艺振兴奖"。1993年第四届中国吴桥国际杂技艺术节上《四人顶技》又以崭新的姿态展现在中外观众和评委面前:金碧辉煌的清宫廷、典雅的满族服饰,伴着荡气回肠的清音曲,古典舞的神韵和体态律动塑造了男演员李建军、傅志强彪悍、英武的阳刚之气和女演员张静、董志萍婀娜多姿的阴柔之美。"梯上三节顶玻璃塔舞红绸",惊险、流畅、优美,像一幅立体画卷,拓展了表演时空,它再次创造出杂技艺术的惊险技巧,编织着杂技艺术美的旋律,为观众带来回味无穷的艺术享受,真正达到"人能为,而常人所不能为"的境界,最终荣获"金狮奖"和第五届河北省"文艺振兴奖",1994年在巴黎勇夺第十七届法国巴黎"明日"国际杂技节金奖——法兰西共和国总统奖。

《穿越时空——转动地圈》

该节目采用了正反方向转动的三道转动地圈，阶梯式技巧布局，突破了各种地圈的表现形式。在"三道四圈"中，设计了"跺子前屈体接跺子转体180°接小翻变鱼跃转体360°"等技巧；在"三、四、五圈"中，设计了"助跑前屈体接两个跺子前屈体"及"双腿跳接跺子前屈体接跺子鱼跃转体360°"等技巧；在"双五圈"中，设计了"串跺子前屈体"和"跺子前屈体接蹍子后空翻"两串技巧。此外，还创新设计了"米字型多方位蹿跃"。在表演中，12位演员分别从不同角度6个方位向舞台中心转动着的地圈窜去。直扑、跨越、翻转，上下左右连续不断，优美矫健，动作干净利落，一气呵成。该节目2001年获第八届中国吴桥国际杂技艺术节银狮奖第一名、2002年获第四届匈牙利布达佩斯国际马戏比赛金奖、2003年获第二十四届法国巴黎"明日"国际杂技节金奖。

《追星逐月——流星》

《流星》是河北省杂技团的主要传统保留节目，演出、参赛次数最多，演员已延续到第四代。该节目1995年获第十二届意大利罗马"金色"马戏节铜奖。1997获第六届中国吴桥国际杂技艺术节金狮奖，1998年获第二届匈牙利布达佩斯国际马戏节银奖，2000年荣获第三届瑞典北雪平"今日青年"国际马戏节金奖最高奖和第五届全国杂技比赛金奖。《追星逐月——流星》对原《流星》节目进行了再创作。繁星闪烁，六个充满激情的青年，手持彩练当空挥舞，上下纷飞，宛如流星，或直线或弧线划过天际，险象环生，跌宕起伏，当轴心演员仰面蹬五面流星，令观众眼花缭乱，惊叹不已。该节目2006年荣获第七届中国武汉国际杂技节比赛获"芳草杯"金奖，2007年获第十九届摩纳哥蒙特卡洛"初登舞台"国际马戏比赛"金K奖"、第九届意大利拉蒂娜国际马戏节银奖、

《流星》剧照

第十九届摩纳哥蒙特卡洛"初登舞台"国际杂技节金K奖和荣毅仁基金会杂技艺术二等奖。

《诗画韵——蹬伞》

河北省杂技团早期的《蹬技》节目选用Yanni音乐风格,旋律性强,短短的7分钟里渐次展示出5种光色效果,演员的"转毯单手顶""蹬人360°翻接毯""双脚对传毯""四面单飞伞""单腿转伞单腿飞转毯"等高难技巧,随着音乐的流动一气呵成。1998年获第二届瑞典北雪平"今日青年"国际马戏节金奖和第三届全国"新苗杯"杂技比赛银奖。《诗画韵——蹬伞》是在原有《蹬技》节目上的再度创作。该节目摒弃了过去的蹬技座,采用直接在舞台表演和人蹬人的方式,打破了过去蹬技位置的固定死板,流动性有了很好的体现,通过女性的柔美典雅结合时而悠扬轻曼、时而乖巧欢畅的音乐整体的编排风格给人许多奇思妙想,借助对道具伞的平衡与稳定、追求缓急合一、动静合一、曲直合一、正斜合一。节目

《诗画韵——蹬伞》剧照

的编排按音乐的节拍韵律去调度技巧，要求演员紧扣音乐节奏完成"脚上把造下腰""双伞卷毛顶""双人对手""对手飞伞、转伞"及"七人三节转十五把伞"等一系列高难动作。该节目2007年获第十一届中国吴桥国际杂技艺术节金狮奖、荣毅仁基金会杂技艺术一等奖，2008年获第二十九届法国巴黎"明日"国际杂技节银奖。

《雏凤凌空——女子集体车技》

该节目由十八个女演员通力配合，一气呵成，完成特定的技巧动作和表演。与以往的《车技》节目相比，平添了鲜为人见的高难技巧，把通常地面上的杂技动作难度大的技巧，用在行进动态中的自行车上，凌空而起进行抛接、翻腾。如"双车双人兜轿子前空翻""后空翻的对传""三车上的连续后空翻站肩""四车八人倒立""双车连续头手翻站把""大莲花四节人兜上"等。该节目2005年获第十届中国吴桥国际杂技艺术节金狮奖，2006年获第五届全国青少年杂技比赛金奖。

第五辑

诗词篇

诗词篇

小重山伫长江岸怀古

风浪号天伫江边,千里锁云烟。
多少年,滚滚到海不复还。
忆往事,载没几沉船。
帝王将相子,残骸守荒冢,谁成仙?
不尽激流人世间,莫归去,采菊见南山。

1981年12月中旬

醉了歌

酒醉了,酒醉了,醉了实在好。
醉了日月长,醉了天地小。
醉了少娇情,醉了无烦恼。
人不分贵贱,官不分大小,君王遇强盗,一醉了了了。
但愿长醉不复醒,宠辱皆忘了。
劝君来学醉了歌,永葆青春不老。

1994年初于中国驻法国大使馆

莲池采荷不遇

京城荷花芳菲尽，冒雨驱车莲池寻。
孤光疏冷全不见，愁煞百里觅花人。

1996年仲秋

居家怀古

家居平台暇眺望，大海风平映夕阳。
抬头小岛独自在，低眉红顶数排房。
右看青山披银色，左观屿远雾茫茫。
平生难得轻闲日，混得自然心悠扬。
不由遥想秦帝国，造得瀛洲有扶桑。
历史寻迹天地大，高丽暹罗太平洋。

2003年10月

游西湖有感

近荷远绿千重景，湖光山色平镜中。
雾霭尤见雷峰塔，许郎何须怨小青。
北风断桥又残雪，秋波看月三潭瀛。
春风夏雨织锦绣，闲暇坐听梁祝声。

2007年6月

戴河之冬

风萧瑟,海凄澜,阳光明媚瞭青天。
松苍绿,树裸干,浪花哭碎白冰残。

2010年元旦于北戴河碧螺塔公园

为东润集团题

东风吹来满眼春,润物细雨更怡人。
兴龙狂舞九州庆,旺财铸鼎立乾坤。

2012年1月19日于摩纳哥

览西安古城

残月朦胧,南湖倒影。
烟柳飔拂,涟漪流灯。
媚叶翠柳,华光眸凝。
仁海纳佛,侨笑古城。

2012年3月

夜游月牙泉

金沙细软风为山,天蓝云淡繁星闪。
圆月碧辉层峦美,西出阳关赏一泉。

2013年7月20日

艺苑杂谈

阳关古城谒拜凭吊

阳关古城沙水淹,丈余汉唐藏盛卷。
亘古沧桑世间道,风啸黄土诉变迁。

2013年7月21日

题江西共青城

秋高云飘绕青城,山水各美拂清风。
十二黄石埋忠骨,宝地华峰万物灵。

2013年8月31日

观书展感

满目琳琅尽华章，翰墨润得日月长。
万物揽心抒笔底，九州书家有廊坊。

2013年9月13日送纬东贤弟

听妙音为大哥题

两弦担得千斤重，一弓揉打诉真情。
生旦净末千秋事，声腔演绎述汗青。

2013年秋

井陉观马火有感即诗

响天动地散琼花，千光万色竞彩霞。
金龙呼啸九霄外，瀑布飞流亮天涯。
六根清净尊神仙，百姓虔诚传中华。
更有马火奔腾日，盛世井陉第一家。

2014年2月19日

杭州永福寺即诗

葳蕤崎岖成幽径,山泉冷流花落声。
光洒明媚碧琼树,鱼游香绕鸟自鸣。
凡间尘烟懭俗患,佛门寻得真人生。
永福寺里祈心意,主客悲乐相互融。

2014年4月14日

古树感怀

前南峪调研遇两千五百年板栗树有感。

日月经天数千年,灵性通达傲世间。
硕果育得无穷代,求来长寿峪南前。

2015年4月8日

题洛阳牡丹

千年公主白牡丹,顶风冒雪身尤健。
花香四溢荣富贵,洛阳谒拜人自怜。

2015年4月20日

自贡见友

自流贡天下，巴蜀第一家。
菜肴佳味美，情真亦无暇。

2015年4月

登苍岩山两首

一

崎岖攀苍岩，峡谷百丈渊。
夕阳破云雾，空中现草原。

二

松林密无风，清香随人行。
阳光疏枝落，人语雀已惊。

2015年5月18日晚

登涞源白石山

白石山峰夏如冬，踏云拨雾天宫行。
俯瞰深渊似大海，仰望宇宙美朦胧。
崎岖漫路笑痴客，欢歌步出仙人洞。
仙气升腾景三变，日照奇观谢清风。

2015年5月28日

心 扉

写在当选第七届中国杂技家协会主席之后。

非官亦草民,谋艺常思新。
坎坷崎岖路,野树秀青林。

2015年11月

题黄果树瀑布

山转水引马蹄滩,千溪万流瀑鸣天。
烟雾升腾燕鹊舞,隆冬水清现丛山。

2015年冬至

春节回乡抒怀

一

乙未三十返故里祭祖。是日阳光明媚、大道坦途,车行不久即至祖坟,时早有家堂、表兄弟等二十余人等候。纸钱充裕,烟酒贡品齐备,烟花爆竹也摆阵已待,余与长兄京、弟六无不感激至极。畅然中怀父母,祖宗大德因果也。纸火送亲,炮声祭神,同侪跪拜,含泪低咽。仪结回眸仙人居,游子曲尽亦归栖。

二

　　八弟府中沸腾喧，推杯换盏不尽欢。酩酊大醉唤侄孙，更有闺女茶近前。大堂醉座学前辈，一叩二拜皆岁钱。童叟皆欢移步去，哥嫂儿孙绕膝前。五十年前教挖井，今日感恩水送还。更忆娘亲三婶情，长夜粗布走针线。再谒三叔卧病榻，往事萦怀思不断。薄孝亲别挥泪去，生屋养地寻黯然。兄长操琴吾嘶唱，家国情怀在心间。不如六郎少吟句，甲子霜鬓空为官。

三

　　年前祭祖乃吾华夏之美德也，往往如斯。今年回故里思绪万千、激荡不已。满怀家国千重事，甲子男儿成幼痴。家亲圈里这几句唱，可舒发吾心郁之情也。本无习诗作文之意，只因四哥九年兄一首好诗，让人哽咽泪涌。随手写来，聊记此时之情景也。

2016丙申年初二

毕节百里杜鹃美景

　　阳春毕节谒索玛，百里千山杜鹃花。
　　一树生成七色美，游人至此不还家。

2016年4月10日

毕节织金洞诗二首

一

神仙玉斧工，天眼织金洞。
暗河清见底，双狮戏青松。

二

阔如苍穹谧神宫，世间万物尽生成。
千姿百态沧桑事，两亿三叠鬼力功。

2016年4月11日

曲阳观雪浪石有感

天水激浪生奇葩，地经风霜见雪花。
东坡美石传千古，京南曲阳唯一家。

2016年4月19日

览胜日月潭

天地朦胧云雾中，高山平湖百尺清。
日月潭畔遐思远，千古墨客影无踪。

2016年5月12日

艺苑杂谈

题黑龙江雪乡

玉树琼林起碧波,腾云驾雾成仙佛。
清风拂拭尘埃尽,心旷神怡放高歌。

2016年7月1日

新农乐

一片绿色生玉珠,香甜味美使人舒。
葡萄美酒怡然醉,勤致沙滩变金炉。

2016年7月9日于邢台广宗葡萄园

游涉县东山

盘桓升腾云雾间,凭栏俯眺美田园。
壁立垂直三千尺,游人疑似成凡仙。

2016年7月17日

午赴迁安市

迁徙欲成仙，滦河流清泉。
天人造万物，寿长福自安。

2016年8月16日

初秋北戴河

清风细雨林中行，淅淅沥沥伴车声。
胸有积郁可倾吐，心舒神爽更怡情。

2016年8月18日

艺苑杂谈

张北慰贫

张北战海乡慰问民盟李博文扶贫工作。

天高云淡苍山远，教授雄才绘田园。
捧肥按种浇汗水，战海脱贫在眼前。

2016年8月28日

访古都开封

沧海桑田考开封,三层六城历史中。
物是人非全不见,黄河长流解迷情。

2017年1月24日

访罗平

蓝天白云黄花黄,日月同辉见福长。
层峦叠嶂苍山远,罗平天下著华章。

2017年2月20日

登梵净山

巍峨群山密葱茏,雄关遍道崎岖行。
俯首渊底清流水,仰天峰高云雾中。

2017年3月26日

到访利川市腾龙洞

腾龙出世洞净空,高宽深远十余程。
若无造化施天力,人家哪有奇工成。

2017年4月20日

游太羲陵

郁郁葱葱,万物生灵。
人文始祖,天地彰功。

2017年5月13日

夜宿六盘水明湖花园酒店

瑶池无月凭灯照,山峦起伏各自高。
平镜映出千秋事,同侪乐尽且陶陶。

2017年5月21日

题六盘水市梅花山

满眼层峦尽奇观,祥云缭绕凡成仙。
阳光时现清凉界,风光无限梅花山。

2017年5月22日

丁酉年送德生兄

民盟河北省委换届送闻德生副主委离任。

闻之广陌千秋事,德高昊宇百年知。
生亦光荣自不大,赢得湖海逢清时。

2017年6月

题雄安新区

盛世著书立言,盛世造城兴建。
中央审时度势,谋划新区雄安。
千秋大计载册,国家大事锲镌。
古今九歌长颂,中外大气超然。
谁比当今华夏,复兴大梦巨篇。

2017年6月27日

题于娄山关

娄山雄关界蜀黔，漫道如铁车轻攀。
居巅凌风心神爽，苍山如海碧波见。

2017年7月20日

井陉行

秦皇御笔是井陉，沧桑多变仍从容。
一石两陶皆文章，六街七巷数胡同。
故事传说述青史，华夏文脉寻文明。
天下韵士何所有，暮落此地亦求名。

2017年8月24日

题开封菊花节

千年古都水中行，万束菊花状奇情。
尽览天下极大美，高人韵士颂开封。
平生忙碌无暇时，六十风霜转眼逝。
晨起查体无忧忌，漫林轻步蓝亦赤。
落叶满径才醒己，待来飞雪更谓痴。
非成甲子无四季，不凄年华轮转驰。

2017年10月12日

记民盟河北省委班子民主生活会

赞誉之言勿骄然，三醒谆教锲深镌。
吾辈担当书古训，中华复兴度春天。

2018年1月12日

会遇明海大师

清廓详尊积佛像，动静安和溢慈光。
天成自有然两岸，渡得凡间福寿长。

2018年3月27日

肃宁祭祖

清明物苏朗乾坤，柳绿风舞迎归人。
离京南驰六百里，拜见爹娘谒祖坟。

2018年3月31日

闲心偶得

天色晚，华灯上，孤人也，在他方，惦记着，是住良。

心小了，所有的小事就大了。

心大了，所有的大事都小了。

看淡世事沧桑，内心安然无恙。

2018年4月15日

到安顺

青山绿水贵州缘，安顺六绝王伟岸。

琳琅满目秀天下，何人庹目不留连。

2018年4月

遥送光祖师西行

惊闻先师去，仰天长唏嘘。

忆得三千丈，真情锲镌奇。

2018年春

游安顺龙宫

天瀑飞落宫门见，龙吟虎啸卷风残。
霎时青山绕碧水，入境凡人亦成仙。

2018年4月16日

游溶洞

天池溶洞清水寒，崎岖蜿蜒尽奇观。
像人似物千重景，轻舟笑语越流年。

2018年4月

任丘行

随张梅颖主席参加任丘善医行活动即诗。

盛世中医薪火传，天地合一浑自然。
德道诚善惠华夏，新梅颖出四月花。

2018年4月22日

杭州古运河街区

小巷悠远居天堂，崎岖满目尽琳琅。
一针杭绣千古事，游此不归思余杭。

2018年5月28日

浙江缙云鼎湖峰

鼎湖峰高破云端，天公山笔绘成仙。
轩辕炼丹众生福，长水涓流日月圆。

2018年5月30日

贺鲐背寿诞

戊戌孟夏闻刘伯九十大寿，忙中即兴小诗添寿。

晚霞清辉似朝阳，白发哪欺少年狂。
九旬健步征万里，岁月积德天地长。

2018年夏

闲来赏院

它处香衰落,咱家花正浓。
盛夏清风至,此院郁葱蓉。

2018年7月11日

题曲阳聚龙洞

头低三分谒仙洞,崎岖蜿蜒千重景。
群龙集聚锲长史,北国更有南疆风。

2018年7月13日

裕西公园诗二首

一

孟秋朝雨伫水亭,淅沥急缓远近声。
洗得乾坤清世界,偷个闲暇慰平生。

二

绿树成山顶上亭,碧水映天见奇峰。
鱼儿戏水生涟漪,孟秋晨起闻雁鸣。

2018年8月

题木兰围场

元宝央地庙宫居,雄兵排阵列八旗。
京幽勿忘边关事,木兰围场飙铁骑。

2018年8月15日

夜宿长白山

箑风吹得雨落声,远近大小见水瀺。
长白山下首相聚,可有印记龙随行。

2018年9月3日

题长白山天池

千丈盘旋入云端,天池有情雾弥漫。
风神相知霎时力,清波婉扊结新缘。

2018年9月4日

独归京

京都天寒,堵车难行,至家敲门,冷清杂乱,老来孤苦,闲诗自慰。

寒风孤落道清闲,凝注黄灯困无眠。
平生狂欢云烟里,大歌暗吟待明天。

2018年12月7日晚

西安忆长安

醉卧长安不复醒,一夜犹破千年行。
盛唐百国齐朝圣,李杜诗文翻做镜。
悲欢离合兴衰事,萧瑟秋风古今同。
人生苦短长辞赋,前赴后继求复兴。

2020年8月20日

惊闻李牲先生离世

九三为国无闲空,南国北疆杂技情。
前辈良师驾鹤去,风雨号啕送李牲。

2020年8月25日

爬邢台天河山有感

躬躯攀爬天河山，溪流欢歌总相伴。
居巅平湖鱼戏水，仙女沐浴一线天。
樵夫虔诚巧相遇，牛郎织女结良缘。
亘古人心求美梦，哪知泪雨双七天。

2020年10月19日

题上饶龙潭湖宾馆

清晨朦胧闻啼鸟，疑是仲冬春来早。
龙潭湖水映碧树，难忘今宵美上饶。

2020年12月2日

再访雄安

塔吊雄起，高楼林立，百态千姿，倾诉心怡。
水绕穿桥，碧翠青绿，亭台楼阁，古韵新意。
大美雄安，东方屹立，壮哉华夏，谁能堪比。

2021年6月11日

题橘子洲

潇湘云天橘子洲,一曲绕梁韵千秋。
江水平镜映日月,座像魂在笑东流。

2021年秋

题石家庄植物园

清湖柳舞生涟漪,鱼儿戏水两相宜。
远望西山峰自在,笔绘千秋万世奇。

2022年4月22日

闲步邢台达活泉公园

秋湖碧绿斜阳西,清风舞柳生涟漪。
鸭鹅欢歌迎宾客,已有同侪唤酒急。

2022年9月29日

题邢台红枫山奶奶庙

崎岖蜿蜒攀险峰,神庙之巅接苍穹。
积德成善烟火旺,三霄宝地见太平。

2022年10月6日

题长安十二时辰主题街区

花坊酒肆长安城,歌舞升平盛唐中。
王公贵妃满街在,不知西域已复兴。

2023年3月30日

访青岩古镇

黔腹古韵青岩城,曲径通幽院落中。
亭台楼阁足雕路,茧祖后裔犹繁荣。

2023年4月9日

再访贵州百里杜鹃

花涧清流水,依树赏蓝天。
百里千山美,黔川尽杜鹃。

2023年4月10日

再访织金洞

又谒织金洞,琳琅满九宫。
奇山异景在,凡间难遇成。
同侪欢声笑,玉树又临风。
翁妪相对靥,返老已还童。

2023年4月10日

即兴诗送王青导演

唱念做打是高手,导戏塑人是行家。
假定虚拟兼写实,梨园难得真奇葩。

2023年4月26日

观喀纳斯草原

广袤无垠喀纳景,天地依恋是真情。
万物相生世外地,雪山绿草见苍穹。

2023年6月12日

题浙江径山

天下禅茶起径山,峰高云碧流清泉。
驱邪罗散和谐世,谧静心舒悟神仙。

2023年6月25日

览良渚古城遗址有感

良渚五千三百年,遗址尚在人不见。
穿越时空幻盛景,朝圣谒拜赞祖先。

2023年6月25日

题北海银滩

沙滩如肌松软绵,微风轻拂宜心田。
细浪逐层送欢笑,北海白云水连天。

2024年6月24日

远观江山市江郎山

一郎成三郎,风雨尽沧桑。
水中见盛景,江山美名扬。

2024年8月8日

题龙游石窟

龙游石窟洞,鬼斧非神工。
错落成秩序,不知何为用。
酷暑难耐日,清爽怡心宁。
猜想无因果,破迷待精英。

2024年8月9日

览天门山

天门山高缆车攀,崎岖蜿蜒玻璃险。
碧绿层峦千重景,人声喧沸无鸟蝉。
如龙滚梯十二道,直送洞底做神仙。
鬼斧神工绝美地,闲暇还游天门山。

2024年8月24日

艺苑杂谈

秦淮河诗二首

一

夜游秦淮热蒸风,上岸忽闻落雨声。
清凉世界阑珊处,景色全非亦无情。

二

秦淮河畔状元楼,珍馐酒香声自流。
悬梁刺股求及第,湘君曲罢慰烦愁。

北戴河松石即诗

清风松石翠绿坪,白球飞落悄无声。
流水瀑布积渊潭,雨润夏都第一城。